Volker Jochim

Spurlos
Der Fall Orsini

Kommissar Mareks achter Fall

Kriminalroman

© 2020 Volker Jochim
Umschlag, Illustration: trediton,
Volker Jochim (Foto)

Verlag und Druck: tredition GmbH,
Halenreie 42, 22359 Hamburg

1. Auflage

ISBN
Paperback   978-3-347-06140-8
Hardcover   978-3-347-06141-5
e-Book   978-3-347-06142-2

1

Estella Orsini verließ an diesem Donnerstagnachmittag das Haus Ihrer Eltern in der Via Santo Giuseppe und machte sich auf den Weg zur Bushaltestelle am Corso Chiggiato.

Es war ein schöner, sonniger und warmer Tag im Frühsommer und dementsprechend hatte Estella absolut keine Lust zum Musikunterricht nach Portogruaro zu fahren, während sich ihre Freundinnen mit ihren Freunden am Strand vergnügten.

Sie hatte eigentlich keinen Freund, zumindest keinen richtigen, aber dennoch wäre es schöner mit ihm am Strand, als Geige zu üben bis die Finger bluteten.

Ihre Eltern bestanden jedoch darauf ihr Talent zu fördern und so blieb ihr keine andere Wahl, als jeden Donnerstag zum Violinen Unterricht nach Portogruaro zu fahren.

Ihre Eltern waren streng gläubige Katholiken. Ihr Vater arbeitete für das Patriarcato di Venezia und hatte dort eine gehobene Stellung im Büro des Bischofs inne, worauf die ganze Familie unglaublich stolz war. Mit Ausnahme Estellas. Sie hatte dazu keinen Bezug. Ihr war es gleichgültig, womit ihr Vater sein Geld verdiente und von dem er ihr Taschengeld gab. Es war ihr ohnehin immer viel zu wenig.

Sie hatte sich fest vorgenommen, dass sie, sobald sie volljährig war, das Haus verlassen und ihr eigenes Leben genießen würde. So wie die jungen Leute in diesen Fernsehserien, die immer schick gekleidet entweder in Cafés saßen, oder in ihren luxuriösen Penthouse Wohnungen mit gut aussehenden jungen Männern Champagner schlürften.

Sie bestieg den Bus der Linie 2, setzte sich auf die hinterste Bank, stülpte sich ihre Kopfhörer über und träumte weiter vor sich hin.

An der Haltestelle in Cavanella war der Bus schon relativ voll. Ein junger Mann stieg noch zu und setzte sich neben sie. Er war recht altmodisch gekleidet und seine Haare standen wirr von seinem Kopf ab.

Als Estella ihn kurz ansah, versuchte er ein Augenzwinkern, was ihm aber misslang und ihm nur einen dümmlichen Gesichtsausdruck verlieh.

Sie wandte sich angewidert ab und war froh, als sie nach fünfundvierzig minütiger Fahrt endlich den Bus verlassen konnte. An der Haltestelle Via Manin stieg sie aus und steckte sich eine Zigarette an.

Ihre Eltern durften natürlich nie erfahren, dass sie heimlich rauchte.

Sie schlenderte durch die schattigen Arkaden des Corso Martiri della Libertà und betrachtete sehnsüchtig die Auslagen der Mode- und Schuhgeschäfte. Wenn sie erst einmal volljährig wäre, würde sie nur noch in solchen Geschäften einkaufen, oder noch besser in Venedig und Mailand.

Der Eingang zum Haus ihres Musiklehrers lag in einer kleinen Gasse, kurz vor der Piazza della Repubblica.

In dem Moment, als sie in die La Stretta einbiegen wollte, wurde sie plötzlich von einem Mann angesprochen. Er war etwa Mitte dreißig, gut gekleidet und mit einem gepflegten Äußeren. Währenddessen betrat gerade eine Mitschülerin das Haus und winkte ihr zu.

„Entschuldigen Sie Signorina, dass ich Sie so direkt anspreche. Mein Name ist Giovanni Temporini."

Während der Mann sprach, fühlte sich Estella in eine ihrer Fernsehserien versetzt. Es schmeichelte sie, von diesem gut aussehenden Mann angesprochen zu werden und dann auch noch als *Signorina*. Für alle war sie sonst immer nur Estella.

„…Sie haben die richtige Ausstrahlung für diesen Job. Hätten Sie Interesse?"

Bei dieser Frage kam sie aus ihrer Traumwelt zurück.

„Welchen Job?"

„Wie ich schon sagte, Promotion für ein neues

Parfüm. Ein sehr luxuriöses Parfüm. Etwas ganz Besonderes."

Bei dieser Vorstellung lief es ihr heiß und kalt den Rücken hinunter.

„Und Sie glauben ich bin dafür die Richtige?", strahlte sie ihn an.

„Aber ja, sonst hätte ich Sie nicht angesprochen. Sie bekommen natürlich auch ein entsprechendes Honorar. Wenn Sie zusagen, gleich jetzt eine kleine Anzahlung."

Ihr Herz hüpfte vor Freude, als sie das Angebot annahm.

„Kommen Sie, ich lade Sie auf einen Prosecco ein. Gleich hier vorne. Das müssen wir feiern und Sie bekommen auch die Anzahlung."

Sie setzten sich unter einen der großen Sonnenschirme der Bar, die nur ein paar Meter entfernt lag.

Nachdem der Prosecco serviert war und sie auf ihre Abmachung angestoßen hatten, öffnete der Mann, der sich Temporini nannte, seine Brieftasche und reichte Estella einen Schein.

„Die Anzahlung, wie versprochen."

Estella staunte nicht schlecht, als sie den Geldschein entgegen nahm.

„Oh, hundert Euro!"

Das war so viel wie sie sonst für zweieinhalb Monate Taschengeld von ihrem Vater bekam. Im Geiste sah sie schon als Großverdienerin, die sich all ihre Träume erfüllen konnte.

„Wenn Sie Ihren Job gut machen, gibt es noch viel mehr."

„Ich werde Sie nicht enttäuschen."

„Davon bin ich überzeugt."

Nachdem sie sich noch eine Weile über Belanglosigkeiten unterhalten hatten, erhob sich der Mann.

„Warten Sie hier, ich hole nur meinen Wagen."

Als er in den Arkaden verschwand zog sie ihr Handy aus der Tasche und rief ihre Schwester an, um ihr die tolle Neuigkeit mitzuteilen.

Kurz darauf erschien ihre Freundin aus dem Musikunterricht.

„Estella, wo warst du? Warum bist du nicht in den Unterricht?"

„Ich konnte nicht. Hatte eine wichtige Verabredung", tat sie geheimnisvoll.

„So, was denn? Hat das etwas mit dem Mann zu tun, mit dem du gesprochen hast?"

Estella zierte sich etwas, doch dann sprudelte es aus ihr heraus.

„Ich habe einen tollen Job. Promotion für ein exklusives Parfüm. Ich habe auch schon eine Anzahlung bekommen. Aber jetzt verschwinde. Ich werde gleich abgeholt. Und kein Wort zu niemandem."

Ihre Freundin sah sie skeptisch an.

„Schon klar, aber glaubst du wirklich, dass es alles korrekt ist?"

„Sicher und nun geh schon."

„Pass auf dich auf."

„Ja, *Mamma*."

Eine Minute später fuhr der Mann, der sich Temporini nannte, in einem schwarzen 5er BMW vor und winkte Estella heran.

„Wo fahren wir hin?"

„Nicht so neugierig. Du wirst schon sehen."

Hatte er sie nun plötzlich geduzt?

Als sie dem Gewirr der kleinen Straßen und Gassen entkommen waren und auf die Viale Daniele Manin einbogen, sah Estella ihre Freundin Vittoria an der Bushaltestelle stehen und winkte ihr zu.

2

Signora Orsini hatte das Abendessen schon berei-
tet und war dabei den Tisch zu decken. Ihr Mann
würde heute nicht zum Essen kommen. Er hatte noch
einiges für den Bischof zu erledigen und blieb dann
über Nacht in Venedig. Ihre ältere Tochter Valentina
ging ihr zur Hand.

„Deine Schwester müsste doch eigentlich schon
hier sein, oder?"

Valentina sah auf die große Uhr, die in der
Küche an der Wand hinter dem Esstisch hing.

„Eigentlich schon, wenn der Bus pünktlich war.
Aber vielleicht war er das nicht, oder sie hat noch
jemanden getroffen. Vielleicht hat sie ja auch diesen
Job bekommen."

„Welchen Job?", fragte Signora Orsini erstaunt.

„Ach, das hatte ich ganz vergessen dir zu sagen.
Sie rief mich an, ich glaube das war kurz nach dem
Ende ihres Unterrichts und erzählte mir ganz aufge-
regt, dass man ihr einen Job angeboten hätte."

„Was? Das hättest du mir sagen müssen. Was soll
das denn sein? Sie ist doch erst fünfzehn."

Signora Orsini war völlig aufgelöst.

„Irgendeine Promotion Sache für Parfüm, wie ich

es verstanden habe."

„Was? Kannst du das auch in deiner Muttersprache ausdrücken? Du weißt, dass ich solche ausländischen Begriffe nicht leiden kann."

„Ach *Mamma*, das heißt nun einmal so, außerdem ist es ja nichts Schlimmes, wenn sie sich ein bisschen Taschengeld dazu verdient."

„Das sehe ich völlig anders. Zudem bekommt sie ja Taschengeld."

„Was soll sie denn mit den paar Euro anfangen? Ihre Freundinnen bekommen alle viel mehr."

„Etwas mehr Demut wäre wohl angebracht. Wir bekamen damals gar nichts."

„Das ist ja auch schon hundert Jahre her. Heute ist das alles anders", erwiderte Valentina genervt. „Denk doch nur einmal daran was ein neues Handy kostet."

„Wir hatten damals keins und haben auch gelebt. Außerdem muss man ja nicht jedes Jahr ein neues haben."

„Dann gehörst du aber nicht dazu. Dann wirst du nicht beachtet, höchstens ausgelacht", schrie Valentina, knallte den letzten Teller auf den Tisch und verschwand in ihrem Zimmer.

Sie war es leid immer nur zu hören, wie es damals war. Damals ist vorbei. Sie lebten heute. Estella rebellierte offen dagegen, während sie es immer schluckte. Zumindest bisher.

Signora Orsini stand einen Moment wie angewurzelt da. Solch einen Ausbruch hatte sie von ihrer Tochter noch nicht erlebt. Dann schüttelte sie den Kopf und sah auf die Uhr.

In diesem Moment hörte sie, wie die Haustüre aufgeschlossen wurde. Das musste Estella sein. Wurde ja auch Zeit.

Aber es war nicht Estella, es war Patricio, ihr Sohn.

„Patricio, du bist schon da?"

„Ja, wir hatten heute früher Schluss."

„Dann lege ich dir noch ein Gedeck auf. Hast du Estella gesehen?"

„Nein, warum?"

„Sie ist noch nicht zurück und der Bus müsste schon längst dagewesen sein."

„Vielleicht hatte er Verspätung. Ich gehe mir nur noch die Hände waschen."

„Könntest du nicht nochmal kurz zur Bushaltestelle gehen und nachfragen?"

„Och *Mamma*…na gut."

„Danke, mein Junge."

***

Patricio Orsini machte sich missmutig auf den

Weg zum Busbahnhof. Er war froh heute einmal etwas früher zu Hause zu sein und hatte obendrein einen Bärenhunger. Seine Mutter machte sich zu viel Sorgen. Estella ist fast sechzehn Jahre alt. In diesem Alter sind die Mädchen heute zu Tage schon etwas anders, etwas reifer als früher. Das sollte Mutter auch langsam einsehen. Seine Schwester war kein kleines Kind mehr.

Am Corso Chiggiato traf er einen Mitarbeiter der ATVO, der Verkehrsgesellschaft dieser Provinz.

Signor Pelozzi war Busfahrer und wohnte in der Via Don Orione, einer Parallelstraße der Via Santo Giuseppe, in der die Orsinis zu Hause waren.

Er hatte seine Schicht beendet, rauchte eine Zigarette und unterhielt sich noch etwas mit ein paar Kollegen.

„*Buona sera, Signor Pelozzi.*"

„Ah, Patricio. Was treibt dich denn hierher?"

„Könnten Sie mir sagen, ob der Bus aus Portogruaro Verspätung hat?"

„Nein, der war pünktlich."

„Sind Sie sicher?"

„Sicher bin ich sicher. Den vorletzten habe ich selbst gefahren. Warum fragst du?"

„War meine Schwester Estella mit im Bus?"

„Nein, sie ist nicht mitgefahren."

„Wann kommt den der nächste?"

„Der ist auch schon hier. Der kam fünfzehn Minuten nach mir hier an und das war auch der letzte Bus aus Portogruaro für heute."

Patricio war bleich geworden.

„Danke Signor Pelozzi."

Langsam drehte er sich um und ging nach Hause. Nun machte sich langsam bei ihm doch ein Gefühl der Beklemmung breit. Hoffentlich war seiner Schwester nichts zugestoßen.

Kaum hatte er die Haustüre aufgeschlossen, als seine Mutter schon mit fragendem Blick aus der Küche gestürzt kam.

„Und?"

Er schüttelte langsam den Kopf.

„Sie war nicht im Bus und der letzte ist auch schon durch."

Signora Orsini gaben die Beine nach und Valentina musste sie stützen.

„Ihr ist bestimmt etwas passiert", jammerte sie, „mein armes Kind. Was machen wir denn nun? Wenn doch nur euer Vater hier wäre."

„Wir gehen zur Polizei."

„Ja, das machen wir."

Sie straffte sich, trocknete vor dem Spiegel noch ihre Tränen ab und dann verließen sie alle drei das

Haus in Richtung *Stazione* der Carabinieri, die nur wenige Minuten entfernt lag.

***

Maresciallo Dorio sah sichtlich genervt auf seine drei Besucher, die ihm gegenüber am Schreibtisch saßen. Vor allem, dass die Signora permanent in Tränen ausbrach, konnte er überhaupt nicht vertragen. Hin und wieder blickte er auf seine Uhr um so deutlich zu machen, dass seine Zeit wertvoll und nicht unbegrenzt sei.

„Signora Orsini", unterbrach er schnell, als sie sich wieder einmal die Nase putzen musste, „Sie wollen eine Vermisstenanzeige aufgeben, nur weil Ihre Tochter nicht rechtzeitig zum Abendessen erschienen ist? Sie wird bestimmt noch kommen."

„Aber sie war doch nicht im Bus", rief Valentina dazwischen.

„Wie hätte sie denn sonst von Portogruaro nach Hause kommen sollen?"

„Wer weiß, vielleicht als Anhalter?"

„Das würde sie nie tun", begehrte die Signora auf.

„Woher wollen Sie das wissen? Sie ist immerhin fast sechzehn Jahre alt. Und nun entschuldigen Sie mich, ich habe noch viel zu tun."

„Das heißt, Sie wollen nichts unternehmen?"

„Doch, aber erst, wenn Ihre Tochter in den nächs-

16

ten vierundzwanzig Stunden nicht auftaucht. Dann können Sie wiederkommen."

Dorio stand auf und öffnete die Tür.

„Ghetti!", brüllte er in den Flur und sofort erschien ein junger Brigadiere.

„Maresciallo!", salutierte er.

„Bringen Sie die Herrschaften hinaus."

***

Als Signora Orsini die Haustür aufschloss hatte sie die Hoffnung, dass Estella nun doch zu Hause sei, aber die Wohnung war leer und verlassen.

Müde ließ sie sich auf einen Stuhl am immer noch gedeckten Esstisch fallen, aber an Essen war jetzt nicht zu denken.

„Was machen wir denn jetzt?", jammerte Valentina und setzte sich zu ihrer Mutter.

„Ich rufe die Questura in Portogruaro an", sagte Patricio nach einer Weile des gegenseitigen Schweigens.

„Vielleicht tun die etwas."

„Wenn du meinst…"

Fünf Minuten später kam er zurück ins Esszimmer und seine Mutter sah ihn erwartungsvoll an.

„Sie kümmern sich darum. Ein Sergente Bellucci hat alles aufgenommen und sie melden sich wieder. Wir sollen aber vorab schon einmal ihre Freunde oder Freundinnen anrufen. Vielleicht wüssten die ja etwas."

„Danke, mein Junge. Valentina, du kennst doch ihre Freundinnen. Könntest du sie bitte anrufen?"

„Ja gut, mach ich."

Signora Orsini hoffte inständig, dass ihre Tochter dort irgendwo anzutreffen war und schwor sich, ihr keine Vorhaltungen zu machen, wenn sie nur gesund nach Hause käme.

Zehn Minuten Später kehrte Valentina zurück und schüttelte den Kopf.

„Niemand hat sie seit der Schule gesehen. Nur Vittoria, die mit ihr den Musikunterricht besucht, sah sie in Portogruaro. Sie war nicht im Unterricht. Mehr konnte sie mir nicht sagen."

„Dann war sie aber zumindest schon einmal da", meinte Patricio. Dann klingelte sein Handy.

„*Pronto*. Ja, ist gut, danke!"

„Wer war das?"

„Die Polizei. Sie schicken gleich einen Wagen vorbei und sie benötigen ein Foto von Estella."

Die Signora sah ihren Sohn an.

„Ein Foto? Wofür?"

„Sie müssen doch wissen wie sie aussieht. Sie werden es vervielfältigen und herumzeigen."

„Ach so, ja. Ich such dann mal eines heraus, wo

sie gut getroffen ist."

Eine halbe Stunde später hielt ein Wagen der *Polizia di Stato* vor dem Haus.

„Buona sera. Ich bin Sergente Bellucci", stellte sich der uniformierte Polizist vor, als Patricio die Tür geöffnet hatte. „Ich hätte nur noch ein paar Fragen. Darf ich herein kommen?"

„Natürlich. Bitte."

Patricio Orsini führte den Sergente ins Esszimmer, wo seine Mutter und seine Schwester am Tisch saßen. Die Signora hielt ein gerahmtes Foto verkrampft in ihren Händen.

„Dies sind meine Mutter und meine andere Schwester."

„Buona sera."

„Nehmen Sie doch bitte Platz."

„Grazie. Signora, Ihr Sohn sagte mir am Telefon, dass Ihre Tochter nicht aus Portogruaro zurückgekehrt sei. Was genau hat sie dort gemacht?"

Signora Orsini sah ihn an. Dann tupfte sie sich die Tränen ab und nahm wieder das Foto zur Hand.

„Sie ist so ein begabtes Kind."

„Ja, aber was hatte sie dort zu tun?"

„Sie hat dort Geigenunterricht", antwortete Patricio, als er merkte, dass seine Mutter dazu offenbar nicht in der Lage war.

Bellucci zog einen kleinen Block aus der Tasche und begann sich Notizen zu machen.

„Ah, wo und bei wem hat sie Unterricht?"

„Bei Professore DeLuca in der La Stretta. Die Nummer weiß ich nicht."

„Das finden wir heraus. Wie oft ging sie dort hin?"

„Einmal die Woche. Nur heute ist sie dort nicht erschienen."

„Wie? Ich dachte, sie wäre auf dem Rückweg verschwunden."

„Ist sie ja auch. Sie war nur nicht im Unterricht."

„Und woher wissen Sie das?"

„Das kann Ihnen meine Schwester besser beantworten."

Bellucci wandte sich an Valentina.

„Signorina?"

„Ich habe ihre ganzen Freundinnen angerufen. Dabei erzählte mir Vittoria, die auch mit zum Musikunterricht geht, dass sie meine Schwester in Portogruaro gesehen hätte, sie aber nicht zum Unterricht erschienen sei."

„Sonst nichts?"

„Nein."

„Gut, wie heißt diese Freundin?"

„Vittoria Marino. Sie wohnt in Ottava Presa."

„Wir werden sie auch nochmal befragen. Gibt es sonst noch etwas, was uns weiter helfen könnte?"

Valentina schüttelte den Kopf.

„Nein, ich denke nicht."

„Erzähl ihm doch mal von dem Anruf", warf Patrizio ein.

„Ach, das ist bestimmt nicht wichtig."

„Alles kann wichtig sein. Welcher Anruf?"

„Meine Schwester rief mich an und erzählte mir, dass die einen Job bekommen hätte."

„Was für einen Job?"

„Promotion für ein neues Parfüm."

„Wissen Sie bei welcher Firma?"

„Nein. Das hat sie mir nicht gesagt. Sie war nur ganz aufgeregt, weil sie schon einhundert Euro als Anzahlung bekommen hatte."

„Was?", schrie ihre Mutter auf. „Davon hast du mir nichts gesagt."

„Signora, bitte", versuchte sie der Sergente zu beruhigen.

„War der Anruf vor oder nach Unterrichtsbeginn?"

„Oh, da habe ich nicht drüber nachgedacht, aber wenn Sie mich so fragen, müsste es während, oder kurz nach dem Unterricht gewesen sein."

„Gut, danke. Das war es erst einmal. Sie hören

von uns."

Paricio brachte Bellucci an die Tür und verabschiedete sich.

**

Sergente Bellucci parkte den Streifenwagen vor einem Mehrfamilienhaus in der Via Alessandro Volta in dem kleinen Örtchen Ottava Presa.

Die Familie Marino wohnte im ersten Stock. Signora Marino öffnete die Tür und erschrak, als sie den uniformierten Polizisten vor der Tür stehen sah. Sie trug eine Schürze und hatte nasse Hände. Offenbar hatte er sie bei der Küchenarbeit gestört.

„Signora Marino?"

„*Sì*. Ist etwas passiert?"

"Ich bin Sergente Bellucci und möchte gerne Ihre Tochter Vittoria sprechen."

„Hat sie etwas angestellt?"

„Nein, keine Angst, ich muss sie nur etwas zu ihrer Freundin Estella Orsini fragen."

„So, was ist denn mit ihr?"

„Ist Ihre Tochter da?", ignorierte er die Neugier der Mutter.

„Ja, kommen Sie rein. Die hört wieder nichts wegen der lauten Musik und ich bin am Spülen."

Sie klopfte an einer Tür und als keine Antwort kam, öffnete sie einfach.

Das Mädchen lag auf ihrem Bett und blickte erschrocken auf die beiden Eindringlinge.

„Was soll das?", rief sie wütend und riss sich die Kopfhörer herunter.

„Hier ist jemand von der Polizei und will dich etwas fragen", und zu Bellucci gewandt, „ich bin in der Küche, falls Sie mich brauchen."

„Danke Signora, nicht nötig."

Er trat in das ziemlich verwüstete Zimmer, in dem ein ganzer Kleiderschrank auf dem Boden verstreut lag. Das Mädchen setzte sich auf die Bettkannte und sah ihn fragend an.

„Vittoria, ist es richtig, dass du mit Estella Orsini befreundet bist?"

„Ja, warum?"

„Hast du mitbekommen, dass sie vermisst wird?"

„Ach deshalb…"

„Was?"

„Ihre Schwester rief mich an und fragte, ob sie mit mir im Musikunterricht war."

„Und war sie?"

„Nein, aber das habe ich ihr doch schon am Telefon gesagt."

„Aber du hast sie gesehen?"

„Ja."

„Und wo?"

„In Portogruaro."

Bellucci hatte das Gefühl, dass sie etwas verschwieg.

„Wo genau?"

Sie blickte unter sich.

„Weiß nicht mehr. Irgendwo da."

„Vittoria, deine Freundin wird vermisst und ihre Familie macht sich große Sorgen. Es bringt also nichts, wenn du irgendetwas weißt und mir nicht sagen willst. Damit schadest du ihr nur. Ist das klar?"

Sie nickte stumm, dann gab sie sich einen Ruck.

„Kurz vor dem Unterricht sah ich sie an der Stretta, wo auch der Unterricht ist. Sie sprach mit einem Mann."

„Und wie sah der Mann aus? Kannst du ihn beschreiben?"

„Er war schon ziemlich alt."

„Wie alt? Siebzig, achtzig?"

„Nein, so wie Sie etwa."

Bellucci musste schmunzeln.

„Also Ende dreißig. Wie war er gekleidet?"

„Er hatte einen dunklen Anzug an. Ich hatte mich schon gewundert, weil es so warm war."

„Wie würdest du seine Kleidung werten? War sie teuer oder eher einfach?"

Sie überlegte kurz.

„Sie war ziemlich modern, wie in diesen Magazinen. Also eher teuer, denke ich."

„Ist dir sonst noch etwas aufgefallen? Wie sah er aus? War er groß, oder eher klein? Welche Haarfarbe hatte er?"

„Er sah eigentlich ziemlich gut aus für sein Alter. Er hatte schwarze Haare, ziemlich kurz geschnitten an den Seiten und oben etwas länger und nach hinten gekämmt. Sah aus, als wäre er viel in der Sonne."

„Also ein gebräunter Teint."

„Genau."

„Und wie sah diese Unterhaltung aus? Hatten sie Streit?"

„Nein, im Gegenteil. Sie haben beide gelacht. Aber ich bin ja dann zum Unterricht. Meine Mutter erschlägt mich, wenn ich schwänzen würde."

„Verstehe. Und danach hast du sie nicht mehr gesehen? Denk bitte genau nach."

Sie sah wieder auf ihre Fußspitzen.

„Doch, aber ich habe versprochen es nicht weiter zu erzählen."

„Du musst es mir aber sagen, wenn du deiner Freundin helfen willst. Also…?"

„Nach dem Unterricht wollte ich zur Bushaltestelle und da sah ich sie in einem Café sitzen."

„Wo war das?"

„Direkt am Corso Martiri della Libertà. *La Piazzetta* hieß es."

„Ah, das kenne ich. Hast du dort mit ihr gesprochen?"

„Ja, aber nur kurz. Sie sagte mir etwas von einem Job mit Parfüm und dass sie schon Geld bekommen hätte. Dann sollte ich verschwinden, weil sie gleich abgeholt würde."

„Und dann?"

„Ich versprach ihr nichts zu verraten und bin gegangen. Ich wollte ja den Bus nicht verpassen."

„Gut, fällt dir sonst noch etwas ein?"

„Ja, als ich an der Bushaltestelle stand, ist sie an mir vorbeigefahren."

„Welche Haltestelle war das?"

„Die an der Viale Daniele Manin. Ich nehme immer die Linie 2."

„Und in welche Richtung sind sie gefahren?"

„In die Richtung wo der Fluss ist."

„Also nach Westen."

„Kann sein. Ich hab's nicht so mit Himmelsrichtungen."

In diesem Moment flog die Tür auf und die Signora erschien im Zimmer.

„Dauert das noch lange? Mein Mann kommt gleich und ich will nicht, dass er das mitbekommt."

„Nein, wir sind gleich fertig. Wenn Sie uns noch für eine Minute alleine lassen könnten."

Widerwillig schloss sie die Tür, nicht ohne ihrer Tochter einen missbilligenden Blick zuzuwerfen.

„Vittoria, bist du sicher, dass deine Freundin in diesem Wagen saß?"

„Ja sicher, sie hat mir ja noch zugewinkt."

„Weißt du auch noch, um welchen Typ es sich bei dem Auto gehandelt hat?"

„Ein großer BMW. Ich glaube ein 5er. Und schwarz war er."

„Hast du auch das Nummernschild erkennen können?"

„Da hab ich nicht drauf geachtet. Ist ihr was passiert?"

„Das wissen wir noch nicht. Sie wird zunächst einmal vermisst."

Bellucci erhob sich und ging zur Tür.

„Danke Vittoria, du hast mir sehr geholfen."

Nachdem der Sergente gegangen war, hatte Signora Orsini ihren Mann angerufen. Er war völlig außer sich und versprach sofort nach Hause zu kommen. Erst müsste er sich aber noch beim Patriarchen abmelden, der aber sicher Verständnis haben würde.

„Es ist schon sehr spät, mein lieber Orsini", empfing ihn der Bischof, „was führt sie um diese Zeit noch zu mir?"

„Ich bitte um Verzeihung Exzellenz, aber ich wollte um Erlaubnis nachfragen, nach Hause fahren zu dürfen."

„Wenn Sie mit Ihren Aufgaben fertig sind, natürlich. Ist etwas geschehen?"

„Das ist es ja. Ich hätte noch zu tun, aber meine Tochter ist verschwunden und ich möchte meiner Frau beistehen."

„Heilige Mutter Gottes. Was ist passiert?"

„Ich weiß es auch noch nicht so genau. Meine Frau rief mich vorhin an und sagte, dass sie nicht vom Musikunterricht heimgekehrt sei und die Polizei eine Vermisstenanzeige aufgenommen habe."

„In diesem Fall können Sie natürlich gehen. Gott wird Ihre Tochter schützen und ich werde sie in meine Gebete mit einbeziehen."

Orsini verbeugte sich.

„Vielen Dank Exzellenz. Danke."

Er verließ das Gebäude des Patriarchats neben der Basilica di San Marco und eilte zu einem Wassertaxi an der Piazza San Marco, um sich schnellst möglich zur Isola Tronchetto bringen zu lassen, wo sein Auto in einem Parkhaus abgestellt war.

Mit dem Vaporetto würde die Fahrt zu lange dauern, auch wenn ihn diese Fahrt jetzt ein Vermögen kosten würde.

Als Orsini gegangen war, schenkte sich der Bischof einen 1953er Armagnac ein, schwenkte den kostbaren Tropfen in seinem Glas und trank einen Schluck. Dann lehnte er sich nachdenklich in seinem Sessel zurück.

Am folgenden Tag erschien eine Suchmeldung der Polizei im Regionalteil des Gazzettino und auf Televenezia. Für mögliche Zeugen wurde eine Telefonnummer der Questura in Portogruaro geschaltet. Doch die Stunden vergingen, ohne dass sich irgendjemand gemeldet hätte.

Am späten Nachmittag klingelte das Telefon vom *Commissario Capo*, als der sich gerade für den Feierabend fertig machte. Er warf dem Telefonapparat einen bösen Blick zu, als wenn er ihn absichtlich am Gehen hindern wollte. Er überlegte einen Moment lang, ob er das Gespräch annehmen, oder einfach ignorieren sollte. Dann nahm er missmutig den Hörer ab.

„Was gibt's?", blaffte er den Kollegen in der Telefonzentrale an.

„Entschuldigen Sie vielmals die Störung, Commissario, aber ich habe hier einen Zeugen in der Leitung."

„Einen Zeugen? Wofür?"

„Wegen dem vermissten Mädchen, Commissario und ich dachte..."

„Bearbeitet das nicht Bellucci? Stellen Sie das Gespräch zu ihm durch."

Damit knallte er den Hörer auf und beeilte sich das Büro zu verlassen. Nicht das noch jemand auf die Idee kam ihn zu stören.

„*Pronto*", meldete sich Sergente Bellucci, als der Kollege aus der Telefonzentrale das Gespräch zu ihm durchstellten wollte.

„Sergente, hier ist ein Zeuge."

„Welcher Zeuge und für was?"

„Wegen dem Mädchen. Das bearbeiten Sie doch, oder?"

Belluccis Herz machte einen Satz.

„Ja, natürlich. Stellen Sie ihn durch."

Es knackte kurz in der Leitung, dann meldete sich eine recht jung wirkende männliche Stimme.

„Sind Sie für die vermisste Estella zuständig?"

„Ja, haben Sie Informationen?"

„Ich habe sie gesehen."

„Jetzt mal eins nach dem anderen. Wie ist denn Ihr Name?"

„Gianluca und ich hab sie heute Morgen gesehen."

„Wo haben Sie Estella gesehen?"

„Auf der Piazza Marinetti."

„Was, hier in Portogruaro? Was hat sie dort gemacht?"

„Wir haben bei Donati eine Cola getrunken."

„Sie haben also auch mit ihr gesprochen? Kennen Sie sich?"

„Sag ich doch. Wir haben uns ab und zu mal in einer Disco getroffen."

„Wie alt sind Sie?"

„Siebzehn."

„Können Sie mir irgendetwas von ihr sagen oder beschreiben, damit ich weiß, dass wir von derselben Estella sprechen?"

Gianluca beschrieb exakt die Kleidung, die das Mädchen am Tag ihres Verschwindens trug. Dazu noch den braunen Violinen Koffer, der in der Suchmeldung nicht erwähnt wurde.

„…nur hatte sie ihre Haare abgeschnitten."

„Welche Frisur hat sie denn nun?"

„Na, kurz halt."

„Hat sie das selbst gemacht? Was glauben Sie?"

„Nein, sie sagte, dass sie beim Friseur war."

„Woher hatte sie das Geld? Das ist doch bestimmt teuer."

„Sie sagte, sie hätte eine Anzahlung für ihren neuen Job bekommen. Hundert Euro."

„Hat sie auch gesagt, um welchen Job es sich handelt?"

„Irgendetwas mit einem Parfüm. Soll etwas ganz

Tolles sein."

„Was hat sie nach eurem Treffen gemacht?"

„Sie sagte, dass sie noch etwas erledigen müsste und ist gegangen. Mehr weiß ich nicht."

„Wir müssten Ihre Aussage aufnehmen. Nennen Sie mir doch bitte ihren vollständigen Namen und die Adresse, wo ich Sie erreich kann."

Es entstand eine kurze Pause, dann klickte es in der Leitung. Der Anrufer hatte aufgelegt.

„Verflucht!", schimpfte Bellucci und stand auf.

Er überlegte kurz, was nun zu tun sei und entschied sich, zuerst einmal die Eltern zu informieren, dass ihre Tochter heute lebend gesehen wurde.

Als er an der Telefonzentrale vorbei ging, rief er den diensthabenden Kollegen zu sich.

„Versuchen Sie bitte herauszufinden, woher dieser Anruf kam."

„Welcher Anruf, Sergente? Hier rufen dauernd Leute an."

Bellucci konnte nur mühsam die Fassung bewahren. Wie kam dieser Mensch bloß zur Polizei? Vielleicht gab es ein Programm für schwer vermittelbare Polizisten.

„Den Anruf, den Sie eben zu mir durchgestellt haben natürlich, welchen sonst?"

Auf der Fahrt nach Caorle beruhigte sich sein Puls

wieder. Er parkte seinen Wagen am Anfang der Via Don Orione und ging die paar Schritte zur Via Santo Giuseppe zu Fuß.

Auf sein Läuten öffnete Patricio Orsini die Tür.

„Haben Sie meine Schwester gefunden?", empfing er Bellucci mit erwartungsfrohem Gesichtsausdruck.

„Nein, das nicht, aber ich hätte Ihnen etwas mitzuteilen. Darf ich?"

„Entschuldigung. Natürlich, kommen Sie herein."

In der Küche saßen Signora Orsini, ihr Mann und Vittoria am Esstisch bei einer kleinen Mahlzeit. Als er eintrat, sahen ihn sechs Augenpaare hoffnungsvoll an. Signor Orsini erhob sich um den Sergente zu begrüßen.

„*Buon giorno, Sergente.* Haben Sie Neuigkeiten für uns?"

„In der Tat. Heute hat sich ein Zeuge bei uns gemeldet, der Ihre Tochter kennt und sie heute Morgen in Portogruaro getroffen hat. Als er dann ihr Foto in der Zeitung sah, hat er uns direkt angerufen."

Signor Orsini bekreuzigte sich.

„Gott sei Dank! Er hat die Gebete seiner Exzellenz erhört."

„Aber warum sagt sie uns denn nichts?", fragte die Signora.

„Zumindest wissen wir, dass ihr nichts passiert

ist", entgegnete ihr Sohn.

„Genau, deshalb wollte ich Sie sofort informieren."

„Vielen Dank, Sergente. Aber wer hat sie denn gesehen? Ist der Zeuge glaubwürdig?"

„Er heißt Gianluca und ist siebzehn Jahre alt. Kennen Sie jemanden aus Estellas Bekanntenkreis auf den das zutrifft?"

Alle vier schüttelten den Kopf.

„Ich wüsste jetzt niemanden", meinte Vittoria, „und mir hat sie immer alles erzählt."

„Wie ist denn sein Nachname?", fragte Patricio.

„Tja, als ich ihn danach fragte, war das Gespräch plötzlich beendet."

„Und Sie halten ihn für glaubwürdig?"

„Ja, er kannte Details, die nur Ihnen und uns bekannt waren. Er konnte ihre Kleidung und den Violinen Koffer exakt beschreiben und er wusste von ihrem Job und der Anzahlung, die sie erhalten hatte."

„Welchen Job?", fuhr Signor Orsini auf.

„Wir haben es meinem Vater noch nicht gesagt", beeilte sich Patricio zu erklären.

„Aha, na jedenfalls hat der Zeuge auch gesagt, dass sie mit diesem Geld beim Friseur gewesen sei und ihre Haare nun kurz tragen würde."

„Vielen Dank, nun wissen wir wenigstens, dass es ihr gut geht", sagte Signora Orsini und hielt die Hand ihres Mannes umklammert.

„Aber ich verstehe es trotzdem nicht. Warum kommt sie nicht nach Hause?"

Signor Orsini schüttelte den Kopf.

„Kannst du dir das nicht denken?", giftete Valentina ihn an.

„Was meinst du damit? Was soll das?"

„So wie du sie gehalten hast. Nichts durfte sie."

„Jetzt ist nicht die Zeit zu streiten", ging die Signora dazwischen und Bellucci fand, dass es Zeit war für ihn zu gehen.

Wer weiß, was bei dieser Familie im Argen lag und was der Grund für Estellas Entschluss war, die Familie zu verlassen. Hinter der religiösen Fassade konnte sich ja alles Mögliche verbergen.

Er setzte sich in seinen Wagen und fuhr zurück in die Questura.

Dort fragte er seinen Kollegen, ob er etwas über diesen Anruf in Erfahrung bringen konnte.

„Leider nein, Sergente. Der Anruf kam von so einem Handy, was man nicht zurückverfolgen kann."

„Sie meinen ein Prepaid Handy?"

„Genau, das haben die gesagt."

„Verdammter Mist!", schimpfte Bellucci und ließ

sich schwer auf den Stuhl hinter seinem Schreibtisch fallen. Hatte sich alles gegen sie verschworen?

Langsam fing er an zu glauben, dass dieser Anruf nicht echt gewesen war. Aber wer war dann dieser Junge? Ein Trittbrettfahrer? Dann hätte er nicht so viele Details wissen können, die nicht in der Zeitung standen.

Oder er hatte etwas mit dem Verschwinden des Mädchens zu tun. Dann würde es auf eine Entführung hinauslaufen. Falls dies zuträfe, was wäre dann der Grund? Geld war bei den Orsinis nicht zu holen.

Im Moment konnten sie nur abwarten und die Augen offen halten.

***

Obwohl in Portogruaro, San Stino di Livenza und Caorle zusätzliche Polizeistreifen eingesetzt wurden, gab es keine Spur von Estella.

5

Das ganze Wochenende über blieb es ruhig. Zu ruhig. Kein weiterer Hinweis, keine Spuren, nichts. Estella blieb wie vom Erdboden verschwunden.

An eine mögliche Entführung glaubte auch die Polizei nicht mehr, sonst hätten sich die Entführer schon längst melden müssen.

Signor Orsini hielt es zu Hause nicht mehr aus und verbrachte das Wochenende in seinem Büro in Venedig, während seine Frau sich noch mehr als sonst in ihre Hausarbeit vertiefte. Einfach nur um etwas zu tun. Um nicht verrückt zu werden. Dass sie eigentlich am nächsten Tag ihren fünfzigsten Geburtstag feiern wollte, hatte sie komplett verdrängt.

Die beiden Geschwister Valentina und Patricio glaubten ohnehin nicht, dass ihrer Schwester etwas zugestoßen war und gingen ihren gewohnten Beschäftigungen nach. Für sie stand fest, Estella war einfach abgehauen.

***

„Seine Exzellenz hat nach Ihnen geschickt, Signor Orsini. Wenn Sie bitte gleich mitkommen würden."

Der junge Geistliche, der die Nachricht überbrachte, war völlig außer Atem. Offenbar war er gerannt. Es schien wohl sehr wichtig zu sein, aber was könnte der Bischof von ihm wollen?

„Treten Sie ein, mein lieber Orsini."

„Sie ließen mich rufen, Exzellenz?"

„Ja, nehmen Sie einen Cognac?"

„Nein, vielen Dank. Das ist noch zu früh für mich."

„Sie haben recht. Gut, ich wollte mich nach Ihrer Tochter erkundigen. Gibt es etwas Neues? Ist sie wieder zurückgekommen?"

„Leider nein, Exzellenz. Sie wurde später noch einmal gesehen und hat sich mit einem Freund unterhalten, aber zurück ist sie leider noch nicht."

„Das tut mir leid, Orsini. Sie sind nicht zu Hause geblieben?"

„Nein, die Arbeit lenkt mich etwas ab."

„Gut, gut. Wir schließen Sie und Ihre Familie weiter in unsere Gebete ein."

Orsini wusste, dass damit das Gespräch beendet war und verbeugte sich.

„Vielen Dank Exzellenz, danke."

Nachdem Orsini gegangen war, griff der Bischof nach dem Telefon auf seinem Schreibtisch.

***

Signora Orsini wischte zum dritten Mal an diesem Tag Staub im Wohnzimmer.

„Wenn sie so weiter macht, werden die kleinen Porzellanfigürchen in der Schrankwand bald keine Farbe mehr haben", dachte Valentina, die es aufgegeben hatte, ihre Mutter davon abzuhalten.

Gerade hielt sie wiederholt den Arlecchino aus der Commedia dell' Arte in der Hand und bearbeitete ihn mit ihrem Staubtuch, als das Telefon läutete.

„Ich gehe schon ran", rief Valentina und nahm den Hörer ab.

„*Pronto.*"

„Spreche ich mit Signora Orsini?"

„Ich bin die Tochter, um was geht es denn?"

„Ich dachte Sie wären vermisst", sagte die Stimme nach einer kurzen Pause.

„Das ist meine Schwester. Wer sind Sie denn?"

„Oh, Entschuldigung, mein Name ist Maurizio Lodigiani. Ich habe eine Bar in San Stino…in der Nähe des Bahnhofs…"

„Und was haben Sie mit meiner Schwester zu tun?"

Valentinas Finger krallten sich um den Telefonhörer.

„Ja, es ist so…ich habe seit drei Tagen eine Kundin, die regelmäßig kommt und etwas trinkt. Sie sieht Ihrer Schwester sehr ähnlich. Also dem Bild in der Zeitung, nur trägt sie die Haare kürzer und sie nennt sich Maria…"

„…und Sie sind sich sicher, dass sie es ist?"

„…ziemlich sicher. Sie hat sich mit mir unterhalten und sich mir anvertraut. Sie erzählte mir, dass sie einen tollen Job bekommen hätte…in der Kosmetik Branche…und dass sie nun doch vorhat, zum Geburtstag ihrer Mutter nach Hause zu kommen."

„Das hat sie gesagt?"

„Genauso. Ich hoffe, ich konnte Ihnen behilflich sein. Ich muss jetzt Schluss machen. *Ciao*."

„Danke, Signor Lodigiani."

Erleichtert legte Valentina den Hörer hin, während ihre Mutter sie fragend ansah, den Arlecchino immer noch fest umklammert.

„Das war ein Barbesitzer aus San Stino. Er hat Estella gesprochen. Es geht ihr offenbar gut und sie will zu deinem Geburtstag nach Hause kommen."

Tränen rannen der Signora über die Wangen und sie bekreuzigte sich mit der Porzellanfigur in der Hand.

„Gelobt sei der Herr…ich rufe gleich Papa an."

„…und die Polizei müssen wir auch informieren."

„Ja, das kannst du dann bitte tun."

Signora Orsini war plötzlich wie verwandelt und nachdem sie ihrem Mann die freudige Botschaft überbracht hatte, nahm Valentina den Hörer.

„*Buon giorno*, könnte ich bitte Sergente Bellucci sprechen?"

„Um was geht es denn?"

„Um meine Schwester, Estella Orsini."

„Einen Moment bitte, ich verbinde."

Kurz darauf meldete sich der Sergente.

„Was kann ich für Sie tun, Signorina?"

„ich wollte Ihnen nur Bescheid sagen, dass es meiner Schwester gut geht und sie morgen zum Geburtstag meiner Mutter nach Hause kommt."

Valentinas Stimme klang aufgeregt.

„Ah, sehr schön. Und woher wissen Sie das? Hat sie sich gemeldet?"

„Nein, ein Mann rief eben bei uns an. Er sagte, er hätte eine Bar und eine Kundin, die wie meine Schwester aussehen würde, hätte sich ihm anvertraut. Sie nannte sich allerdings Maria. Er behauptet aber, sie würde so aussehen, wie auf dem Foto in der Zeitung."

„Mmh", brummte Bellucci, „wo soll denn diese Bar sein?"

„In der Nähe des Bahnhofs von San Stino."

„Da gibt es nur zwei Bars, soviel ich weiß. Warum sind Sie sich so sicher, dass er wirklich von Ihrer Schwester sprach?"

„Der Geburtstag meiner Mutter…"

„Ah ja. Hat der Mann auch einen Namen genannt?"

„Ja, Maurizio Lodigiani."

„Eines verstehe ich nicht. Warum ruft er nicht bei uns an, wo doch unsere Nummer unter dem Bild in der Zeitung stand und woher hat er Ihre Nummer?"

„Sie wird sie ihm gegeben haben."

„Kann sein. Gut, wir gehen der Sache nach. Informieren Sie mich bitte umgehend, falls Ihre Schwester nicht auftauchen sollte."

6

Signora Orsini hatte extra zur Heimkehr ihrer Tochter einen *Panforte di Siena* gebacken, den sie so gerne mochte und für den Abend hatten sie einen Tisch in einer Trattoria bestellt.

Valentina, Patrico und ihr Mann waren alle noch arbeiten. So lief sie nervös alleine in der Wohnung umher und sah alle fünf Minuten auf die große Wanduhr in der Küche.

Der Zeiger wanderte unbarmherzig weiter, ohne dass es irgendein Lebenszeichen von Estella gegeben hätte.

Als am späten Nachmittag Valentina und Particio nach Hause kamen, fanden sie Ihre Mutter in Tränen aufgelöst am Küchentisch sitzen.

„Ihr ist doch etwas passiert. Sie kommt nicht mehr", jammerte sie und hielt sich ihr Taschentuch vor die Augen.

„Vielleicht kommt sie ja doch noch", versuchte es Patricio ohne Überzeugung in der Stimme.

„Warten wir noch eine Stunde. Dann rufe ich den Sergente an", meinte seine Schwester.

Doch die Zeit verrann und Estella blieb verschwunden.

Betrübt und enttäuscht griff Valentina nach dem Telefon und wählte die Nummer der Polizei.

„Buona sera, signor Bellucci. Ich wollte Ihnen nur Bescheid geben, dass meine Schwester nicht erschienen ist. Meine Mutter ist am Boden zerstört und mein Vater kommt gar nicht mehr von der Arbeit nach Hause, weil er es nicht mehr aushält."

„Das tut mir sehr leid, Signorina, aber ich hatte es fast befürchtet. Wir werden sofort eine Großfahndung einleiten. Landesweit."

„Was heißt, Sie hatten es befürchtet?"

„Ich war in San Stino und habe mir die Bars angesehen, die infrage kamen. Einer der Besitzer heißt tatsächlich Maurizio Lodigiani, nur hat er nicht bei Ihnen angerufen und er hat Ihre Schwester auch nie gesehen."

***

Am folgenden Tag wurden eintausend Plakate in der ganzen Region zwischen Portogruaro und Caorle aufgehängt. Darauf war ein großes Foto von Estella zu sehen. Darunter stand:

ESTELLA ORSINI

Anni 15 alta mt. 1,65

È SCOMPARSA

(Estella Orsini
Alter 15 Größe 1,65 Meter
ist verschwunden)

Darunter noch die Telefonnummern der Polizei.

***

Im Abendprogramm strahlte Televenezia eine Sondersendung aus, in der seine Exzellenz, der Patriarch von Venedig, einen flammenden Appell an die Entführer von Estella richtete. Außerdem versicherte er der Familie Orsini sein Mitgefühl und das aller Gläubigen.

„Wir sind in Gedanken bei Ihnen in Ihren schweren Stunden und beten für sie."

***

Signora Orsini war mit ihrem Schmerz alleine. Ihr Mann und ihre beiden anderen Kinder hatten ihre Arbeit, die sie etwas ablenken konnte, aber sie war zu Hause…allein mit sich und den Gedanken an ihre verschwundene Tochter.

Sie war gerade dabei zum vierten oder fünften Mal das Wohnzimmer abzustauben, als plötzlich das Telefon läutete. Hastig nahm sie den Hörer ab.

„Pronto."

„Signora Orsini?", fragte eine tiefe, männliche Stimme.

„*Sì.*"

„Hören Sie gut zu und unterbrechen Sie mich nicht. Ihre Tochter ist Gefangene unserer Organisation. Für ihre Freilassung fordern wir im Gegenzug die sofortige Freilassung unseres Bruders Enzo Orseolo. Haben Sie verstanden?"

„Ja, aber…"

Der Anrufer hatte aufgelegt.

Mit zitternden Händen legte Signora Orsini den Hörer auf. Ihr wurde schwindlig und sie musste sich an dem kleinen Telefontisch festhalten. Was sollte sie jetzt tun?

Neben dem Telefon sah sie die Visitenkarte von Sergente Bellucci. Eilig wählte sie die Nummer.

„Könnte ich bitte Sergente Bellucci sprechen? Hier ist Signora Orsini."

Sie wurde umgehend weiter verbunden.

„Signora, was kann ich für Sie tun? Gibt es etwas Neues?"

„Ich bekam gerade eben einen seltsamen Anruf. Ein Mann sagte, dass meine Tochter in der Gewalt seiner Organisation wäre und sie im Austausch für einen gewissen Enzo Orseolo freigelassen werden würde. Wer auch immer das ist. Er nannte ihn *Bruder*."

„Der Name sagt mir jetzt auch nichts, aber ich

werde einmal in unserer Datenbank nachforschen. Sonst war nichts? Hat er noch etwas gesagt?"

„Nein, er hat sofort aufgelegt."

„Danke Signora. Ich melde mich, sobald ich etwas weiß."

***

Als Patricio am Nachmittag als erster von der Arbeit nach Hause kam, wurde er bereits von seiner völlig aufgelösten Mutter erwartet.

„Patricio, stell dir vor, ich bekam heute wieder einen Anruf..."

Er stellte seinen Aktenkoffer ab und sah seine Mutter an.

„Was für einen Anruf?"

Diese Frage stellte er automatisch, obwohl er sich schon denken konnte, dass es um seine Schwester ging.

„Ein Mann rief an und sagte, sie hätten Estella in ihrer Gewalt..."

Dabei liefen ihr die Tränen über ihre blassen Wangen.

„...und man würde sie im Austausch gegen einen Enzo Orseolo freilassen."

Patricio war alle Farbe aus dem Gesicht gewichen. Er hatte sich getäuscht. Seine Schwester war nicht einfach abgehauen, sondern wurde entführt.

„Wer ist das?"

„Ich weiß es auch nicht."

„Hast du die Polizei schon informiert?"

„Ja, sofort. Sergente Bellucci konnte mit dem Namen auch nichts anfangen. Deinen Vater habe ich auch gleich angerufen."

In diesem Moment läutete das Telefon.

„Ich gehe schon", sagte Patricio, „ist vielleicht die Polizei."

Eilig hob er den Hörer ab.

„*Pronto.*"

„Signor Orsini?", meldete sich eine rau und verzerrt klingende Stimme.

„Ich bin der Sohn. Mit wem spreche ich?"

„Hören Sie gut zu. Als Gegenleistung für die Freilassung Ihrer Schwester fordern wir die Freilassung aller inhaftierten Brüder der P3."

Patricio nahm all seinen Mut zusammen und dachte an die vielen Krimis, die er schon im Fernsehen gesehen hatte.

„Woher weiß ich denn, dass Sie meine Schwester entführt haben?"

„Hören Sie gut zu."

Danach vernahm er ein leises Knacken und dann die Stimme eines Mädchens.

„*...Oh, hundert Euro... Ich werde Sie nicht enttäu-*

schen…"

Darauf folgte wieder ein Knacken. Dann meldete sich der unbekannte Anrufer wieder.

„Sie haben die Stimme erkannt? Ich denke das reicht als Beweis. Unsere Forderung haben Sie gehört. Und noch etwas, die Zeugen Gianluca und Maurizio Lodigiani, die angeblich mit Estella gesprochen haben, sind ebenfalls unsere Brüder."

„Geht es ihr gut?"

Er bekam aber keine Antwort mehr. Das Gespräch war beendet.

Mit zitternden Händen legte er den Hörer auf und sah seine Mutter an.

„…ich habe ihre Stimme gehört…"

„Was hat sie gesagt?"

„Das kam wohl von einem Tonband. Sie sagte so etwas wie *hundert Euro* und *ich werde Sie nicht enttäuschen*. Aber es war definitiv Estellas Stimme. Sie wollen jetzt die Freilassung aller Brüder der P3, was auch immer das ist. Von diesem Enzo war jetzt nicht die Rede."

Signora Orsini wurden die Knie weich und ihr Sohn musste sie stützen. Er brachte sie ins Wohnzimmer, wo sie sich in einen Sessel fallen ließ und leise vor sich hin wimmerte.

„Ich rufe jetzt die Polizei an."

Patricio ließ sich mit Sergente Bellucci verbinden.

„Buona giornata, Sergente. Wir bekamen eben wieder einen Anruf."

„Hat man diesmal einen Namen genannt?"

„Nein, aber ich habe auf einer Bandaufzeichnung die Stimme meiner Schwester gehört."

„Und sie war es definitiv?"

„Ja."

„Was sagte sie?"

„Oh, hundert Euro und *ich werde Sie nicht enttäuschen."*

„Das war alles?"

„Ja."

„Gab es Forderungen?"

„Ja, sie fordern die Freilassung aller inhaftierten Brüder der P3 – was auch immer das sein soll."

„Von der P2, der Propaganda due, habe ich schon gehört, aber die wurde verboten. Vielleicht sind das Nachahmer. Ich wundere mich nur immer wieder, dass diese Leute Ihre Telefonnummer haben, wo sie doch nirgendwo veröffentlicht wurde."

„Ach so, er sagte noch, dass die Zeugen Gianluca und Maurizio Lodigiani ebenfalls Brüder wären."

„Oh, das macht die Sache nicht einfacher. Vielen Dank für Ihren Anruf. Wir kümmern uns darum."

„Dann ist eine Entführung wohl nun wahrscheinlich, oder?"

„Ich fürchte schon."

***

Signor Orsini, der es zu Hause nicht mehr aushielt, übernachtete im Patriarcato di Venezia, in dem es für leitende Angestellte und Geistliche kleine Privaträume gab, in die sie sich zurückziehen konnten.

So saß er auch an diesem Wochenende an seinem Schreibtisch, als das Telefon läutete.

Anrufe an Wochenenden waren nicht ungewöhnlich, also dachte er sich nichts dabei und hob den Hörer ab.

„*Pronto*."

„*Signor Orsini?*"

„*Sì*, wer spricht?"

„Hören Sie gut zu. Wir haben Ihre Tochter. Wenn Sie Estella lebend wiederhaben wollen, richten Sie dem Bischof aus, dass wir das Geld, dass er uns schuldet bis nächsten Freitag zurückhaben wollen. Ist das klar?"

„Wer sind Sie? Woher haben Sie diese Nummer?"

„…bis zum nächsten Freitag."

Das Gespräch war beendet und Orsini starrte den Hörer an. Wer hatte dem Bischof Geld geliehen? Die Kirche hatte doch genug und wie sollte er nun damit umgehen? Sollte er seine Exzellenz damit behelligen?

Es ging ja auch um seine Tochter.

Schweren Herzens erhob er sich und ging zum Refugium des Bischofs. Dort ließ er sich anmelden und wurde nach einer kurzen Wartezeit vorgelassen.

„Mein lieber Orsini. Was kann ich denn für Sie tun?"

„Eben hatte ich im Büro einen seltsamen Anruf und ich weiß nicht, wie ich damit umgehen soll."

„Dann lassen Sie einmal hören."

„Der Anrufer sagte, dass er meine Tochter in seiner Gewalt hat und wenn ich sie lebend wiedersehen wollte, müssten Sie Exzellenz bis nächsten Freitag das Geld zurückzahlen, dass er Ihnen geliehen hätte."

Der Bischof stützte einen Moment lang seinen Kopf auf die Hände und überlegte, dann sah er Orsini an.

„Das kann sich nur um einen dummen Scherz handeln. Niemand hat mir oder unserer Kirche jemals Geld geliehen. Das ist absurd."

„Soll ich den Anruf trotzdem der Polizei melden?"

„Nein, nein. Gott bewahre. Was würde das denn für ein Licht auf uns werfen? Ich kümmere mich intern darum."

„Danke, Exzellenz."

Nachdenklich ging Orsini durch die langen Flure

zurück zu seinem Büro.

Der Bischof griff unterdessen zum Telefon.

„Es ist passiert. Ich will davon nichts mehr hören. Habe ich mich klar genug ausgedrückt?"

Wütend knallte er den Hörer auf und schenkte sich einen Cognac ein.

Zweieinhalb Jahre später

7

Der Winter hatte Einzug gehalten. Seit Tagen versteckte sich die Sonne hinter einem milchig grauen Himmel und vom Meer her wehte ein kräftiger kalter Wind. Es hatte sogar den Anschein, als könnten bald ein paar Schneeflocken fallen.

Trotz der widrigen Umstände bereitete man sich in Caorle mit Freude auf die Weihnachtszeit vor. Es wurden beleuchtete Sterne an den Straßenlaternen aufgehängt und zwischen der Piazza Vescovado und der Salita dei Fiori war man eifrig damit beschäftigt die Verkaufsbuden aufzubauen. Vor dem Dom sollte dann in den nächsten Tagen noch der große Weihnachtsbaum aufgestellt werden.

Da aber amerikanische Unsitten leider auch hier schon länger verbreitet waren, gab es obendrein noch ein sogenanntes *Christmas Wonderland* für die lieben Kleinen.

Marek verstaute seine Einkäufe in seinem alten Lada Niva. Dann schlug er den Kragen seiner Jacke hoch und machte sich zu Fuß auf den Weg zur nächsten Pasticceria um sich für seinen Nachtisch noch ein paar *Cannoli* zu besorgen. Auf dem Rückweg kaufte er sich noch den Gazzettino und ein

Päckchen MS und fuhr nach Hause.

Dort machte er sich umgehend an die Zubereitung seines Mittagessens.

Er setzte Wasser für die Pasta auf und bis es kochte schnitt er ein paar Knoblauchzehen in feine Scheiben und schwitzte sie in Olivenöl an. In der Zwischenzeit dünstete er etwas Brokkoli, den er dann zu dem Knoblauch in die Pfanne gab. Anschließend goss er die Pasta, er hatte sich für *Penne* entschieden, ab und gab sie auch dazu. Zuletzt schnitt er noch ein paar Anchovis hinein, schmeckte mit Salz, Pfeffer und einem Schuss nativem Olivenöl ab und schaufelte sich einen hohen Teller voll.

Während des Essens überflog er die Nachrichten, die auch nichts Interessantes brachten.

Er hatte sich gerade eine weitere Gabel Pasta in den Mund gestopft, als sein Handy klingelte.

„Scheiße!", fluchte er vor sich hin und angelte den Störenfried aus seiner Jacke.

„Wer stört mich beim Essen?", nuschelte er mit vollem Mund.

„*Ciao Roberto*, ich bin's, Michele. Tut mir leid, dass ich dich bei deiner Lieblingsbeschäftigung störe, aber ich denke, das könnte dich interessieren."

„Schon gut", brummte Marek, „was hast du denn schönes?"

„Es ist etwas umfangreicher. Könnten wir uns treffen?"

„Na gut, komm gleich zu mir. Ich hab noch ein paar Cannoli und mache uns Caffè."

„*Bene*, ich sammle nur noch die Unterlagen zusammen. Bis gleich."

Zwanzig Minuten später stand Michele Ghetti mit einem Stapel Akten unter dem Arm vor Mareks Haustür.

„Komm rein, der Caffè ist gerade fertig. Jetzt bin ich aber neugierig."

Sie setzten sich an den Küchentisch, wo schon die dampfende Caffettiera und ein Tablett mit den süßen Gebäckrollen bereitstanden.

Marek biss herzhaft in ein Cannolo und sah Ghetti gespannt an.

„Die Sache liegt schon etwas zurück. Im Juni vor zwei Jahren, also noch bevor du hierher kamst, verschwand ein fünfzehnjähriges Mädchen und ist bis heute nicht wieder aufgetaucht."

„Du hast mir nie etwas davon erzählt."

Der junge Maresciallo trank einen Schluck Caffè und lehnte sich zurück.

„Es war ja eigentlich nicht unser Fall."

„Was heißt *eigentlich*?"

„Das will ich dir ja gerade erklären. Das Mädchen,

sie hieß Estella Orsini und stammte hier aus Caorle, fuhr wie jeden Donnerstag mit dem Bus nach Portogruaro zum Musikunterricht. Dort wurde sie von einer Mitschülerin gesehen, wie sie mit einem jungen Mann sprach. Das war ganz in der Nähe des Hauses, in dem der Unterricht stattfand. Dort erschien sie aber nicht. Später wurde das Mädchen noch zweimal gesehen und beide Male von eben dieser Freundin. Direkt nach dem Unterricht in einer Bar ganz in der Nähe. Dort erzählte Estella ihrer Freundin Vittoria, dass sie einen Job angeboten bekommen hätte. Später sah Vittoria sie in einem schwarzen Wagen an der Bushaltestelle vorbeifahren. Etwa zu der Zeit, als sie in der Bar gesehen wurde, hatte sie noch mit ihrer Schwester telefoniert und auch ihr von diesem Job erzählt. Angeblich hätte sie eine Anzahlung von einhundert Euro bekommen."

„Und was war das für ein Job?", nuschelte Marek, der gerade sein zweites Cannolo vertilgte.

„Eine Promotion Sache für ein exklusives Parfüm."

„Promotion…scheiß Anglizismen."

„Ich kann nichts dafür. Es heißt nun mal so."

Marek spülte mit Caffè nach und kratzte sich am Hinterkopf.

„Und danach wurde sie nicht mehr gesehen?"

„Doch, oder auch nicht."

„Was soll das denn? Ja oder nein?"

„Dazu komme ich gleich. Erst einmal zur Familie des Mädchens. Die Orsinis haben ein kleines Haus in der Via Santo Giuseppe. Der Vater arbeitet in Venedig im Palazzo des Patriarchats und bekleidet dort eine gehobene Stellung. Die Mutter ist Hausfrau und hat außer Estella noch zwei Kinder, die aber beide älter sind. Vittoria ist einundzwanzig und Patricio vierundzwanzig. Beide sind berufstätig. Als Estella am Abend nicht zum Essen erschien, die Geschwister waren schon zu Hause, ging Patricio zur Bushaltestelle am Corso um zu fragen, ob der Bus aus Portogruaro eventuell Verspätung hatte. Aber er war pünktlich und auch der letzte Bus an diesem Tag war schon da. Daraufhin kamen sie zu uns und wollten eine Vermisstenanzeige aufgeben."

„Was heißt wollten?"

„Damals gerieten sie an Maresciallo Dorio und der hat sie quasi gleich wieder sehr brüsk raus komplimentiert. Das heißt er hat nach mir gebrüllt und mir befohlen, die Leute vor die Tür zu setzen. Du hast ihn ja dann später selbst erlebt."

„Dieses Arschloch."

„Er war der Meinung, dass junge Mädchen einfach abhauen und nicht entführt werden."

Marek lehnte sich zurück und steckte sich eine Zigarette an.

„Und was war dann?"

„In ihrer Verzweiflung wendeten sich die Orsinis an die Questura in Portogruaro. Ein Sergente Bellucci übernahm den Fall."

„Er war ja dann wohl auch nicht sehr erfolgreich, oder?"

„Nun ja, zumindest hat er einige Dinge herausgefunden und wir haben wenigstens eine Ermittlungsakte."

„Und was hat er herausgefunden?"

„Einmal das, was die die Freundin ausgesagt hat."

„Gibt es eine Beschreibung von diesem Mann?"

„Groß, Ende dreißig, sehr gut gekleidet, dunkle Haare und brauner Teint."

„Das trifft ja dann auf die Hälfte aller Italiener in diesem Alter zu. Was ist mit dem schwarzen Wagen? Hat sie den Typ oder das Kennzeichen gesehen?"

„Nur das es wahrscheinlich ein 5er BMW war und sie nach Westen aus der Stadt fuhren. Auf das Kennzeichen hat sie nicht geachtet."

„Warum auch. Was noch?"

„Am nächsten Tag gab es einen Aufruf in den regionalen Zeitungen. Daraufhin meldete sich ein Zeuge namens Gianluca bei Sergente Bellucci und behauptete Estella getroffen und mit ihr in einer Bar etwas getrunken zu haben."

„War der Zeuge vertrauenswürdig?"

„Er konnte zumindest Estellas Kleidung und den Geigenkoffer beschreiben."

„Und wo will er sie getroffen haben?"

„In einer Bar in Portogruaro. Er sagte auch aus, dass sie bei einem Friseur gewesen wäre und sie die Haare nun kurz tragen würde."

„Aha, hat der Zeuge auch einen Nachnamen?"

„Laut Bericht hätte der Zeuge aufgelegt, als Bellucci ihn danach fragte."

„Dachte ich mir. Alles Blödsinn."

„Wie meinst du das?"

„Na, überleg doch mal. Sie wird von einem gut aussehenden Mann in teuren Klamotten angesprochen, der ihr einen Job mit Geld verspricht. Sie, ein fünfzehnjähriges Schulmädchen. Dann fahren sie in einer teuren Limousine aus der Stadt. Am nächsten Tag taucht sie plötzlich wieder dort auf und geht mit irgendeinem Gianluca was trinken. Wo war sie denn in der Zwischenzeit? Konnte sie sich ein Zimmer leisten? Hat sie bei dem Mann geschlafen? Warum sagt der Zeuge nicht seinen richtigen Namen? Bislang gibt es nur Fragen."

„Aus dem Bericht geht hervor, dass der Anruf von

einem Prepaid Handy kam."

„Na also, da haben wir's. Die Geschichte fängt langsam an interessant zu werden."

„Drei Tage später rief ein gewisser Maurizio Lodigiani bei den Orsinis an. Er gab an eine Bar in San Stino zu besitzen. Eine neue Kundin, die wie Estella aussehen würde, hätte sich mit ihm unterhalten. Er wusste einige Details, wie zum Beispiel die Sache mit dem Job und er behauptete, dass diese Kundin am nächsten Tag zum Geburtstag ihrer Mutter nach Hause kommen wollte."

„Und hatte Estellas Mutter am nächsten Tag Geburtstag?"

„Ja, das ist es ja. Woher sollte jemand etwas davon wissen, wenn nicht von Estella selbst? Jedenfalls hat sich die Familie darauf gefreut und die Mutter hat alles vorbereitet, aber wer nicht erschien, war Estella."

„Woher hatte dieser Barbesitzer die Telefonnummer der Orsinis?"

„Das hatte sich Bellucci auch gefragt. Er hatte auch die Bar besucht und der Besitzer hieß tatsächlich Maurizio Lodigiani, nur der bestritt jemals solch einen Anruf getätigt zu haben."

„Das dachte ich mir schon."

Marek stand auf und ging zum Kühlschrank.

„Einen Schluck Raboso?"

„Ich bin im Dienst."

„Du sollst ja auch nicht die ganze Flasche trinken und von einem Gläschen wirst du nicht besoffen."

„Na gut, danke."

„Und wie ging es dann weiter?", fragte Marek, nachdem er sich wieder gesetzt und die nächste Zigarette angesteckt hatte.

„Es wurden in der ganzen Region Plakate aufgehängt und der Patriarch von Venedig richtete im Fernsehen einen Appell an die Entführer."

„Moment, habe ich das jetzt richtig verstanden? Der richtet einen Appell an die Entführer, obwohl man bis dahin nicht unbedingt von einer Entführung ausgehen musste?"

„Vielleicht hat er gedacht..."

„Wenn er es gedacht hat, kann er es für sich behalten, aber nicht in einer Fernsehsendung ausposaunen. Es sei denn..."

„Es sei denn was?"

„Ach nichts. War nur so ein Gedanke."

„Na gut. Also weiter. Am Tag darauf bekam Signora Orsini einen Anruf von einem Mann der behauptet hat, dass Estella von seiner Organisation gefangen gehalten würde und man sie im Austausch für einen gewissen Enzo Orseolo freilassen würde.

Diesen Orseolo bezeichnete der Anrufer als *Bruder.*"

„Welche Organisation soll das gewesen sein?"

„Wissen wir auch nicht. Nur dieser Enzo Orseolo ist ein hochrangiger Mafioso, der lebenslang im Poggioreale sitzt."

„Was ist das denn?"

„Das ist ein Gefängnis in Neapel."

„Dann soll die Mafia hinter der Entführung stecken, falls es denn überhaupt eine war?"

„Es kommt ja noch toller. Am gleichen Nachmittag nahm Patricio Orsini einen Anruf entgegen in dem der Anrufer im Austausch für Estella die sofortige Freilassung aller inhaftierten Brüder der P3 fordert."

„Ich dachte, die gibt's nicht mehr."

„Tut es offiziell auch nicht, aber dieser Anrufer spielte einen Tonbandmitschnitt mit Estellas Stimme vor. Sie sagte *oh, hundert Euro* und *ich werde Sie nicht enttäuschen.*"

„War es sicher die Stimme von Estella?"

„Patricio behauptete ja. Zuletzt sagte der Unbekannte noch, dass die Zeugen Gianluca und Maurizio Lodigiani auch Brüder seien."

„Im Gegensatz zum ersten Anruf steckt hier mehr Substanz drin. Er kannte die Namen der Zeugen und hatte den Tonbandmitschnitt, der offenbar beim Treffen von Estella mit dem Mann am Tag ihres Verschwindens aufgenommen wurde."

„Wie kommst du darauf?"

„Denk doch mal nach. Der Typ quatscht sie an, bietet ihr einen tollen Job an und gibt ihr einen Vorschuss. Sie freut sich über die Kohle und versichert ihm, dass sie ihn nicht enttäuscht."

„Stimmt, da hast du recht. Dann könnte diese Forderung authentisch sein."

„Könnte, muss aber nicht."

Marek schenkte nach und steckte sich noch eine Zigarette an. Wie immer, wenn er eine innere Anspannung fühlte, qualmte er wie ein Schlot.

„Kommt noch was?"

„Ja, allerdings. Signor Orsini, der es zu Hause nicht mehr aushielt, bekam in seinem Büro einen Anruf in dem man für die Freilassung Estellas das Geld zurückforderte, dass man dem Bischof geliehen hätte."

„Na sieh einer an", grinste Marek, „und wie ging es dann weiter?"

„Orsini sprach mit dem Bischof und der sagte, dass da nichts dran sei und er sich um alles kümmern würde. Er sollte nur die Polizei raushalten."

„…was er auch tat."

„Anfänglich schon. Später, als nichts passierte, hat

er es dann doch berichtet."

„Aber das Mädchen ist bis heute nicht wieder aufgetaucht."

„Nein, leider nicht. Es gab einige angebliche Sichtungen, die sich aber alle als haltlos erwiesen. Man wollte sie in Brüssel, in Warschau und in Beirut gesehen haben. Später wäre sie angeblich im Kloster Säben in Tirol gewesen, dann im Kloster St. Marx im Elsass. Was natürlich auch alles Blödsinn war."

„Und wie kommt ihr jetzt an den Fall? Über zwei Jahre später?"

„Tja, jetzt wird es interessant. Heute Morgen kam ein katholischer Priester zu Maggiore Mambretti und erzählte ihm eine abenteuerliche Geschichte. Er sei auch als Exorzist tätig und will das Böse in der Kirche ausmerzen. Er behauptete eine Gruppe, zu der auch hochrangige Mitarbeiter der Polizei, der Kirche und aus der Politik gehören würden, soll Estella entführt und für ihre sexuellen Partys missbraucht haben. Später hätte man sie ermordet und ihre Leiche beseitigt."

„Oha. Ein Exorzist. Ist der vertrauenswürdig?"

„Der Chef sagt, ich solle der Sache nachgehen. Er meint, da könnte etwas dran sein. Ich soll mich ausschließlich mit dieser Sache beschäftigen."

„Klar, wenn die *Polizia di Stato* vor zwei Jahren

nichts herausgefunden hat, wäre das natürlich eine Befriedigung, wenn du etwas finden würdest."

„Bist du dabei?"

„Sicher, das klingt alles verdammt verworren und so etwas reizt mich immer. Kann ich die Akte vorerst behalten?"

„Ja sicher."

„Versuch mal etwas mehr über diesen Priester herauszufinden. Ich werde mit Silvana sprechen. Die werden bei der Zeitung hoffentlich einiges darüber im Archiv haben."

8

Marek hatte stundenlang den Aktenberg studiert und sich jede Menge Notizen gemacht.

Mittlerweile war es dunkel geworden und als er aus dem Fenster blickte, sah er im Schein der Straßenlaterne, welche etwas weiter vorne die Piazzale Falcetta schwach erleuchtete, tatsächlich die ersten zarten Schneeflocken vom Himmel rieseln.

Ein Hungergefühl hatte sich bei ihm eingestellt, aber er hatte jetzt keine Lust etwas zu kochen. Er durchforstete seinen Kühlschrank und bereitete sich einen Teller mit einem Stück Asiago Käse, San Daniele Schinken, Fenchelsalami und ein paar Oliven. Dazu schenkte er sich noch den Rest Raboso ein, packte die Akten unter den Arm und nahm alles mit in sein Arbeitszimmer. Dort ließ er sich in seinen Sessel fallen und rekapitulierte das, was er bisher von diesem Fall gelesen hatte, während er sich sein Abendessen schmecken ließ.

Die Ermittlungen der Questura in Portogruaro offenbarten seiner bescheidenen Meinung nach einige Lücken. Es gab noch zu viele offene Fragen.

So hatte man unter anderem keine Hintergrundrecherchen zu den Zeugen und den, in den Telefonaten genannten Personen durchgeführt. Zwei Jahre später dürfte das nicht gerade einfacher werden.

Es gab fünf verschiedene Szenarien, die er auf entsprechende Zettel notierte und an die Wand über seinem Schreibtisch heftete.

Erstens, die Mafia hatte Estella entführt um Enzo Orseolo freizupressen.

Zweitens, es gab tatsächlich noch so etwas wie die *Propaganda tre* und man wollte deren inhaftierte Gesinnungsgenossen frei bekommen.

Drittens, es gab wirklich illegale Geldgeschäfte des Patriarchen und jemand wollte auf diesem Weg sein Kapital zurück.

Viertens, sie wurde als zufälliges Opfer einfach entführt, vielleicht missbraucht und umgebracht.

Fünftens, sie hatte von zu Hause die Nase voll, ist abgehauen, traut sich jetzt nicht mehr zurück, oder hat ihr Glück gefunden.

Marek hoffte, dass letzteres der Fall war, überzeugt war er aber davon nicht. Eigentlich war er von keiner dieser fünf Varianten restlos überzeugt.

Er machte sich noch einige Notizen, die er zu den jeweiligen Szenarien an die Wand heftete und lehnte sich seufzend zurück.

Nein, das gefiel ihm alles nicht. Er steckte sich eine Zigarette an, griff nach dem Telefon und rief Silvana an.

„*Ciao cara*. Wo steckst du?"

„Noch in der Redaktion, warum? Sag nur du hast Sehnsucht nach mir."

„Natürlich. Hab ich doch immer."

„Oh je, wenn du so kommst, brauchst du bestimmt wieder irgendwelche Informationen."

„Das ist nicht fair", maulte er beleidigt.

„Sag schon, ich hab noch zu tun."

„Kannst du dich an das Mädchen erinnern, das hier vor zwei Jahren verschwunden ist?"

„Ja sicher. Die Polizei hat sich damals nicht gerade mit Ruhm bekleckert. Soviel ich weiß, gab es auch kaum Spuren."

„Weil man nicht richtig hingesehen hat."

„Was hast du denn jetzt damit zu tun?"

„Heute tauchte ein Priester, ein Exorzist, bei Maggiore Mambretti auf und behauptete er wüsste was dem Mädchen geschehen ist. Jetzt hat Michele den Fall auf dem Tisch und er hat mich gefragt, ob ich ihm helfen könnte."

„Ein Exorzist? Und das nehmt ihr ernst?"

„Mambretti tut es. Er hat Ghetti ausschließlich auf diesen Fall angesetzt."

„Na ja, der ist ja eigentlich kein Dummkopf. Wenn das so ist. Und was willst du von mir?"

„Alles was ihr darüber im Archiv habt."

„Gut, dann musst du mich aber zum Essen einladen und ich habe heute richtig Appetit."

„Aber selbstverständlich, *cara*. Wann bist du hier?"

„Sagen wir um neun bei Rosa?"

„Abgemacht. *Ciao*."

Er hatte zwar jetzt schon etwas gegessen, aber eine Portion bei Rosa würde er auf jeden Fall noch schaffen.

***

Als Silvana um kurz nach neun Uhr die Trattoria betrat, fand sie Marek im Gespräch mit Rosangela, der Patrona vor.

„*Buona sera*, Silvana. Setz dich. Ich sehe gleich mal nach, was euer Essen macht."

„Ah, hat Roberto schon bestellt?"

Aber da war sie schon in der Küche verschwunden.

„Ich habe ihr gesagt, dass du großen Hunger hast und sie hat gesagt, dass ich ihr die Zusammenstellung überlassen soll."

„Du musst ja nicht gerade mit meiner Fresssucht hausieren gehen."

„Nun übertreib mal nicht so schamlos", wiegelte Marek ab und schenkte ihr ein Glas Wein ein.

„*Salute.*"

Silvana setzte ihr Glas ab und steuerte direkt auf das Thema zu, in dem sie schon wieder eine Story witterte.

„Also, ich habe dir alles mitgebracht, was wir im Archiv dazu haben. Ich hatte aber noch keine Zeit es zu sichten."

„Macht nichts. Das mache ich schon. Dann zeig mal her, was du hast."

Silvana schob im einen Stapel Akten über den Tisch, als die Patrona mit dem Essen erschien, ihrer berühmten *Terrina e involtini.*

„Ah, wunderbar", strahlte Marek, „du hast dich wieder selbst übertroffen, Rosa."

„*Buon appetito.*"

„*Grazie.*"

Ganz im Gegensatz zu ihrer sonstigen Gewohnheit unterhielten sie sich während sie aßen weiter über diese Geschichte.

„Weißt du wer dieser Exorzist ist?"

„Nein, Michele recherchiert gerade dessen Hintergrund."

„Was hat er Mambretti denn überhaupt erzählt, dass der den Fall wieder aufrollen will?"

„Nun ja, er behauptete, dass Estella damals von einer Gruppe, zu der hochrangige Mitarbeiter von

Polizei, Kirche und Politik gehören würden, entführt wurde. Die hätten sie für Sexpartys missbraucht und dann ermordet. Die Leiche hätte man dann verschwinden lassen."

Silvana ließ ihre Gabel sinken und sah Marek mit versteinerter Miene an.

„Nein! Sag, dass das nicht wahr ist."

„Er hat es zumindest behauptet."

„Tu mir einen Gefallen. Sollte das wahr sein, dann versprich mir diese Schweine zu finden."

Er sah sie an und er wusste, dass es ihr todernst mit dieser Aussage war.

„Ich versuche es. Das kann ich dir versprechen. Nur die Spuren sind jetzt kalt. Das wird nicht einfach werden."

Nach einer Weile erschien die Padrona.

„Hat es geschmeckt?"

„Danke, vorzüglich wie immer."

„Du hast ja gar nichts gegessen", wandte sie sich an Silvana, „ich dachte, du hättest großen Hunger."

„Hatte ich auch, aber dann haben wir über den neuen Fall gesprochen."

„Was ist denn passiert?", fragte sie neugierig.

„Eigentlich ist das noch kein Fall", meinte Marek. „Erinnerst du dich vielleicht an das Mädchen, was hier vor zwei Jahren verschwunden ist?"

„Die kleine Estella, natürlich. Wartet, ich hole euch nur noch den Caffè und den Grappa."

Kurz darauf erschien Rosangela mit den Getränken und setzte sich zu ihnen an den Tisch. Die Gläser mit dem goldfarbenen Merlot Grappa waren randvoll und sie hatte sich auch gleich ein Glas mitgebracht.

„Die gehen aufs Haus. *Salute*."

„Oh, danke. *Salute*."

Nachdem sie die Gläser abgesetzt hatten fing Rosa gleich an zu erzählen.

„Das arme Ding. So ein nettes Mädchen…"

„Du kanntest sie?"

„Sicher. Meine Cousine wohnt in der Nachbarschaft der Orsinis, in der Via Don Orione. Ihr Mann ist Busfahrer und fährt meistens die Linie 2 nach Portogruaro. Da hat er sie oft donnerstags gesehen, wenn sie mit ihrem Geigenkoffer eingestiegen ist. Er sagte, sie wäre immer sehr verträumt gewesen und hätte sich nie mit anderen im Bus unterhalten. Höchstens mal mit ihrer Freundin."

„Hat er sie auch am Tag ihres Verschwindens gefahren?"

„Nein, hin hatte er den Bus früher gehabt, soviel ich weiß und zurück war sie auch nicht im Bus. Auch nicht im letzten, der nach ihm kam."

„Aha. Was weißt du sonst noch über die Familie?"

„Sind eigentlich nette Leute und sehr fromm."

„Das hat ja nichts zu sagen", brummte Marek leise und erntete einen bösen Blick von Silvana.

„Bitte?"

„Ach nichts. Sonst noch etwas?"

„Die Mutter ist eine ganz liebe Frau. Macht das ganze Haus. Ihr Mann ist ein hohes Tier beim Bischof in Venedig."

Dabei klang eine Menge Hochachtung in ihrer Stimme mit.

„Und dann sind da noch die älteren Geschwister. Patricio und Valentina. Sind beide auch sehr fleißig. Mehr kann ich dir nicht sagen. Den Rest kenne ich auch nur aus der Zeitung. Das war eine Tragödie damals. Aber warum interessierst du dich jetzt dafür?"

„Behalte es aber bitte für dich."

Sie machte ein Zeichen, dass ihre Lippen verschlossen sind.

„Der Fall wird wieder aufgerollt. Michele hat ihn auf dem Tisch."

„Na hoffentlich bringt es etwas."

Dann stand sie auf und verschwand in die Küche.

Marek trank einen Schluck Caffè, dann berichtete er Silvana was er bisher wusste.

„…und glaubst du, dass an diesen Anrufen etwas dran ist?", fragte sie, nachdem er geendet hatte.

„Weiß nicht. Einer könnte zumindest interessant sein."

„Und welcher wäre das?"

„Der mit dem Tonbandmitschnitt. Der wusste ja außerdem auch noch die Namen der Zeugen."

„Aber so richtig glaubst du nicht daran. Hab ich recht?"

„Stimmt. Sieht man mir das an?", grinste er.

„Ich kenne dich. Wie willst du nun anfangen?"

„Zuerst verschaffe ich mir einmal einen visuellen Überblick der Lokalitäten und dann werde ich ein paar Spuren nachgehen, denen man damals nicht konsequent nachgegangen ist. Mal sehen, wie weit wir kommen."

„Du hältst mich doch hoffentlich auf dem Laufenden?"

„Sicher, *cara*."

„Dann lass uns gehen. Ich muss morgen früh raus."

9

Das Läuten seines Handys riss Marek aus dem Schlaf. Er blinzelte in die Dunkelheit des Raums und versuchte sich zu orientieren.

In den Fensterläden zeigten sich hellgraue Streifen. Langsam wurde ihm bewusst, dass er sich in Silvanas Schlafzimmer befand, aber das Bett neben ihm war leer.

„Wo ist das verdammte Ding?", brummte er und erhob sich schwerfällig. Dabei stolperte er über seine Hose, die am Boden lag und fiel der Länge nach hin. Das Läuten hatte aufgehört.

Fluchend rappelte er sich auf, tappte zum Fenster und öffnete die Läden. Ein eiskalter Wind ließ ihn erschauern und schnell das Fenster wieder schließen.

Er blickte auf seine Armbanduhr. Schon kurz vor zehn und trotzdem war es draußen dämmrig grau.

Als er in seine Hose schlüpfte, fiel das Handy aus der Tasche und erinnerte ihn daran, was ihn geweckt hatte. Es war Ghetti, der mehrfach versucht hatte ihn zu erreichen.

Aber zuerst brauchte er einmal einen starken Caffè. Er schlurfte in die Küche, wo er die bereits befüllte Caffettiera schon einsatzbereit auf dem Herd vorfand.

Ein dankbares Lächeln zeigte sich auf Mareks Gesicht, als er das Gas andrehte und die Tüte Cornetti auf dem Tisch erblickte. Daneben lag eine Notiz von Silvana, die schon sehr früh in die Redaktion musste.

Er steckte sich eine Zigarette an und rief Ghetti zurück.

„Buon giorno, Roberto. Hast du ausgeschlafen?"

„Aufgehört. Was gibt es denn so dringendes?"

„Du wolltest doch mehr über unseren Exorzisten wissen."

„Ach so, ja. Hast du etwas über ihn?"

„Er heißt Samuele Loiacono, stammt aus Foggia und arbeitet als Bibliothekar im Erzbistum Bologna. Daneben ist er bereits mehrfach als Exorzist in Erscheinung getreten. Ein Gericht in Rom hat ihm aber die weitere Ausübung dieser Tätigkeit untersagt, als es bei einem Exorzismus zu einem Todesfall kam."

„Na bravo. Moment, mein Caffè kocht."

Er drückte schnell die Zigarette aus, nahm die Kanne vom Herd, schenkte sich eine Tasse ein und rührte großzügig Zucker hinein.

„So, bin wieder da. Mambretti glaubt ihm also. Weiß er was das für ein Vogel ist?"

„Ich hab's ihm vorhin gesagt, aber er meinte ich solle trotzdem weitermachen."

„Dann sollten wir uns mit dem Herrn einmal unterhalten. Wo finden wir ihn?"

„In Bologna, in der Bibliothek des Bistums."

„Holst du mich in einer Stunde ab?"

„*Bene*, bis gleich."

Marek trank seinen Caffè aus und verschlang eilig ein Cornetto. Dann nahm eine kurze Dusche, kleidete sich rasch an und fuhr zu seiner Wohnung. Dort zog er sich um, steckte sich eine Zigarette an und wartete auf Ghetti, der kurz darauf erschien.

***

„Bin mal gespannt, was das für ein Vogel ist", meinte Marek, als sie in der Via dell' Indipendenza aus dem Wagen stiegen.

„Benimm dich bitte, er ist immerhin ein Priester."

„Ist ja schon gut."

Sie überquerten die schmale Straße und bogen in die noch schmalere Via Altabella ein, deren beide Seiten von Motorrollern und Fahrrädern gesäumt waren. Hier drang wohl nie ein Sonnenstrahl durch, dachte Marek und sah an den hohen Fassaden hoch. Etwas weiter vorne ragte der schmale und sehr filigran aussehende Torre Azzoguidi, ein Turm aus dem zwölften Jahrhundert, in die Höhe.

Schräg gegenüber dem Turm, betraten sie durch einen großen Portikus den Innenhof des Palazzo.

Ghetti blickte sich um. Dann sah er einen Priester, der eilig über den Hof schritt und rannte ihm nach.

„*Scusi Padre*, wir suchen Padre Loiacono. Wo können wir ihn finden?"

Der Priester zog eine altmodische Taschenuhr hervor und ließ den Deckel aufschnappen.

„Um diese Zeit ist er in der Regel drüben in der Kathedrale. Sie dürften ihn vor dem Hauptaltar finden."

Ghetti glaubte ein leichtes Lächeln im Gesicht des Priesters gesehen zu haben.

„*Grazie Padre*."

Aber der war schon enteilt.

„Er ist in der Kirche", berichtete er Marek, der gewartet hatte, „wir müssen wieder zurück."

„Na dann", stöhnte Marek und marschierte los.

Als sie kurz darauf wieder in der Via dell' Indipendenza vor dem Portal der Kirche standen, öffnete sich gerade die Tür und eine Nonne trat heraus.

„Wohin wollen Sie? Hier ist geschlossen."

„Wir möchten mit Padre Loiacono sprechen und der ist wohl hier drin, wie man uns sagte."

Missmutig betrachtete sie Ghettis Uniform.

„Na gut, er ist vor dem Hauptaltar und betet. Warten Sie bitte bis er fertig ist."

„Natürlich Madre", sagte Marek und deutete eine

Verbeugung an.

„Oh, ich wusste gar…"

„Sei besser ruhig. Ich wollte sie nur loswerden."

Sie betraten das riesige Kirchenschiff und sahen sich um, konnten den Priester aber nirgendwo entdecken. Langsam gingen sie durch die prachtvolle barocke Kathedrale zum Hauptaltar, über dem ein uraltes hölzernes Kreuz zu sehen war und vor den Stufen zum Altar lag eine schwarze Gestalt ausgestreckt auf dem blank polierten Steinboden. Sie lag auf dem Bauch und hatte die Arme im rechten Winkel vom Körper ausgestreckt.

Marek wollte schon auf die Gestalt zustürzen, da er dachte es wäre etwas passiert, doch Ghetti hielt ihn gerade noch zurück und bedeutete ihm ruhig zu sein. Marek sah ihn verwirrt an und dann auf die Gestalt am Boden. Nun konnte er hören, dass die Gestalt noch lebte und einen unverständlichen Singsang von sich gab.

Nach einer Weile erhob sich die Gestalt, verbeugte sich vor dem Kreuz, drehte sich um und sah erschreckt in die fragenden Gesichter der beiden Besucher.

„Padre Loiacono?"

„Ja, der bin ich und wer sind Sie?"

„Ich bin Maresciallo Ghetti aus Caorle und das

hier ist Commissario Marek. Wir hätten ein paar Fragen an Sie."

„Mich würde vorab einmal interessieren, was Sie da gerade gemacht haben", fragte Marek dazwischen.

Der Priester lächelte.

„Sie sind wohl nicht sehr gläubig?"

„Ich bin gläubiger Atheist."

„Verstehe. Ich kommuniziere so mit Gott. So kann ich mich ihm ganz hingeben, denn ich bin sein Werkzeug auf Erden."

„Aha. Kommen wir zum Grund unseres Besuchs. Sie waren bei Maggiore Mambretti und sagten ihm, dass Sie etwas über das Verschwinden von Estella Orsini wüssten."

„Das ist richtig. Hat mir der Maggiore doch Glauben geschenkt."

„Aber warum Caorle? Warum sind Sie nicht hier zur Polizei?"

„Ist das nicht egal?"

„Natürlich, aber ich würde es gerne verstehen."

„Ganz einfach, weil das Mädchen von dort stammt und die Ermittlungen wohl dort hätten beginnen sollen. Leider wurden die armen Eltern aber damals von Ihrem unfähigen Kollegen abgewiesen."

„Woher wissen Sie das alles?"

„Der Vater des Mädchens ist ein sehr gläubiger Mann und arbeitet für die Kirche."

„Sie sagten Maggiore Mambretti, dass Sie wüssten, was mit dem Mädchen passiert ist. Sie sprachen von hohen Kreisen aus Politik, Polizei und der Kirche."

„Richtig, so war es auch. Ich bin dabei das Böse in meiner Welt auszumerzen, tun Sie das in der Ihren. Denn wie ich bereits sagte, ich bin das Werkzeug des Herrn. Schon im Brief des Paulus an die Kolosser steht:

„So tötet nun die Glieder, die auf Erden sind, Unzucht, Unreinheit, schändliche Leidenschaft, böse Begierde und die Habsucht, die Götzendienst ist."

„So, aber wenn Sie schon wissen, wer hinter der Entführung und möglicherweise Ermordung des Mädchens steckt, könnten Sie uns eventuell auch sagen, wohin man sie brachte?"

„Das herauszufinden ist dann wohl Ihre Aufgabe, aber ich kann ihnen folgendes sagen: Verfolgen Sie die Hintergründe der Anrufe und stellen Sie Querverbindungen her, dann werden Sie die Überreste des Mädchens finden. Und nun meine Herren habe ich zu tun."

„Entschuldigen Sie Padre…", rief Marek ihm nach.

„…durch Weisheit kommt man zum Gelingen", entgegnete der Priester ohne sich noch einmal umzudrehen.

Dann war er verschwunden.

Marek und Ghetti sahen sich ratlos an.

„Was hat er denn damit gemeint?", fragte Ghetti.

„Keine Ahnung, aber wir müssen es herausfinden, sonst kommen wir keinen Schritt weiter."

Schweigend marschierten sie zurück zu ihrem Wagen und Marek sah noch einmal auf das imposante Gebäude der Kathedrale.

Während der Rückfahrt ratterte Mareks Hirn auf Hochtouren, jedoch ohne ein zählbares Ergebnis.

10

Seit Stunden brütete Marek schon über den Akten. Er hatte sich noch nicht einmal sein Abendessen gegönnt. Nun war es bereits fast ein Uhr in der Nacht und er konnte kaum noch die Augen aufhalten.

Er drückte die letzte Zigarette in den übervollen Aschenbecher, gähnte und streckte sich und betrachtete dann noch einmal seine Notizen.

„Verfolgen Sie die Hintergründe der Anrufe und stellen Sie Querverbindungen her...", hatte der Priester gesagt.

Es gab fünf Anrufe und so hatte er fünf Spalten auf seinen Block gezeichnet.

In der ersten Spalte hatte er *Gianluca, Piazza Marinetti und Portogruaro* notiert.

In der zweiten den Namen *Maurizio Lodigiani*, so wie *San Stino* und *Bar in der Nähe des Bahnhofs*.

In der dritten Spalte *Organisation* und *Bruder Enzo Orseolo*.

In der vierten *inhaftierten Brüder der P3* und in der fünften Spalte *Bischof* und *das Geld, dass er uns schuldet*.

Nun starrte er darauf und überlegte, welche Hintergründe und Querverweise es dazu geben könnte.

Er rieb sich die Augen. Jetzt war er einfach zu müde um sich darüber Gedanken zu machen. Das konnte auch bis morgen warten.

Er brachte seinen Aschenbecher in die Küche, trank noch einen Schluck Wasser und ging ins Bett, wo er in einen unruhigen Schlaf fiel.

Sein Unterbewusstsein zog permanent rote Linien zwischen den Stichwörtern, die er zuvor notiert hatte, um sie gleich darauf wieder zu verwerfen und neue Verbindungen herzustellen.

***

Am nächsten Morgen erwachte er für seine Verhältnisse recht früh und hatte das Gefühl, von einer Dampfwalze überrollt worden zu sein. Bettdecke und Kopfkissen waren nassgeschwitzt.

Mühsam erhob er sich und schlurfte in die Küche. Dort befüllte er die Caffettiera, setzte sie auf den Herd und trank einen Schluck Wasser gegen den pelzigen Geschmack im Mund.

Dann tappte er ins Bad und klatschte sich etwas kaltes Wasser ins Gesicht, um so zu sich zu kommen.

Als der Caffè blubberte und seinen aromatischen Duft verströmte, fühlte er sich gleich besser.

Er schenkte sich eine Tasse ein, rührte einen Löffel Zucker dazu und steckte sich eine Zigarette an.

So saß er dann eine Weile am Küchentisch, starrte

aus dem Fenster auf den milchig grauen Himmel und grübelte über das nach, was der Priester gestern gesagt hatte.

Dann fiel ihm etwas ein. Wenn man bei allen Anrufen Querverweise suchen sollte, dann müssten eigentlich alle Anrufe zusammenhängen, so unterschiedlich sie auch inhaltlich waren. Dann stellte sich die Frage gar nicht, welcher der Anrufe wohl am ehesten ernst zu nehmen war. Sie gehörten zusammen.

„Da hätte ich ja auch gleich drauf kommen können", dachte er, aber er fühlte sich trotzdem gleich besser. Ein Anfang war gemacht.

Er holte seine Notizen aus dem Arbeitszimmer, schenkte sich den Rest Caffè ein und rief Silvana an.

„Bist du aus dem Bett gefallen?", begrüßte sie ihn erstaunt.

„Nein, hab nur schlecht geschlafen."

„Du wirst doch nicht krank werden?"

„Nein, mich hat nur dieser Fall beschäftigt. Michele und ich waren gestern in Bologna und haben mit diesem Exorzisten gesprochen. Ein seltsamer Vogel."

„Was hast du erwartet?", lachte sie.

„Erst erzählte er etwas von Gottes Werkzeug und dann gab er uns einen Tipp."

„Welchen? Erzähl schon."

„Er sagte wir sollten in den Anrufen, welche die Familie damals erhielt, nach Hintergründen und Querverweisen suchen. Dann würden wir die sterblichen Überreste des Mädchens finden."

„Er geht also davon aus, dass sie tot ist."

„Offenbar. Ich bin gestern Abend bis in die Nacht die Abschriften der Anrufe immer wieder durchgegangen. Dann habe ich aus jedem Anruf die Schlagworte notiert, die ich am aussagekräftigsten fand und seither versuche ich irgendwelche Verbindungen zu finden. Das Einzige, was nun klar ist, die Anrufe waren gezielt und gehören trotz unterschiedlicher Aussagen zusammen."

„Und was kann ich für dich tun?"

„Ich gebe dir mal drei Namen. Gianluca, Maurizio Lodigiani und Enzo Orseolo."

„Und was soll ich damit anfangen?"

„Durchforste bitte euer Archiv nach diesen Namen. Sie müssen auch nicht im Zusammenhang stehen. Einfach nur sehen, ob es in den letzten, sagen wir vier, fünf Jahren, irgendein Ereignis gab wo einer, oder mehrere dieser Namen aufgetaucht sind."

„Oh, das wird aufwändig."

„Kann ich mir denken, aber sonst kommen wir nicht weiter. Und noch etwas. Überprüfe dabei, ob die Begriffe Piazza Marinetti, Portogruaro, San Stino und Bahnhof in irgendeinem Zusammenhang damit stehen."

„Was hat das damit zu tun?"

„Wenn ich es wüsste, müsste ich dich nicht darum bitten. Ist nur so ein Gefühl. Um die anderen Begriffe kann sich Michele kümmern."

„Und welche wären das?"

„P3, Bischof und Geld."

„Oh je, das klingt nicht gut."

„Wieso?"

„Falls du dich noch daran erinnern kannst, durfte ich dich im Krankenhaus besuchen, als du das letzte Mal in diesem Milieu ermittelt hast. Ich sehe zu, was ich machen kann, aber es wird dauern."

Marek erinnerte sich nur sehr ungern an diesen Fall, der ihn seine heißgeliebte Ente und auch noch fast sein Leben gekostet hatte. So überging er einfach diesen Einwand.

„Danke, *cara*. Es hat jetzt zwei Jahre gedauert, da kommt es auf zwei Tage auch nicht mehr an. *Ciao*."

***

Marek hatte sich trotz des schlechten Wetters entschlossen einen Spaziergang an der Promenade zu machen. Er musste darüber nachdenken, wie sie nun weiter vorgehen sollten. Er konnte ja schlecht zu Hause sitzen und auf Silvanas Recherchen warten.

Irgendwo mussten sie ansetzen.

Der Wind wehte beißend kalt vom Meer herein. Er hatte den Kragen seines Mantels hochgeschlagen und die Mütze tief ins Gesicht gezogen und trotzdem hatte er das Gefühl, dass ihm die Kälte in alle Knochen drang.

Nach einer Weile, er war bereits auf Sichtweite der kleinen Kirche Madonna dell' Angelo, lehnte er sich mit dem Rücken ans Geländer, steckte sich eine Zigarette an, sah auf die graue Wasserfläche hinaus und reflektierte in Gedanken, was er bisher über den Ablauf der Geschehnisse vor zwei Jahren gelesen hatte.

Wo waren mögliche Versäumnisse in den Ermittlungen? Plötzlich hielt er inne. Das musste er unbedingt noch einmal nachlesen. Wenn sich sein Verdacht bestätigte, hätte er einen ersten Ansatz.

Er warf seine Zigarette weg und machte sich eilig auf den Heimweg.

Zu Hause angekommen, stürmte er mit Mantel und Mütze in sein Arbeitszimmer und fing an die Polizeiakte durchzublättern. Gezielt suchte er nach den Vernehmungsprotokollen von Sergente Bellucci. Nach ein paar Minuten hellte sich sein Gesichtsausdruck auf. Er warf die Akte auf den Sessel und schlug mit der Faust auf die Schreibtischplatte.

„Dachte ich es mir doch", brummte er, „dieser Anfänger."

Jetzt erst entledigte er sich Mantel und Mütze, ließ alles achtlos auf den Boden fallen, griff nach seinem Telefon und rief Ghetti an.

„*Ciao Roberto*. Was gibt's?"

„Ich habe mir die Akte nochmal durchgelesen und endlich einen Ansatzpunkt gefunden, wo die Polizei damals geschlampt hat."

„So und was?"

„Das Ganze fing doch damit an, dass dieses Mädchen kurz vor ihrem Musikunterricht von einem Mann angesprochen wurde. Die Freundin hat das gesehen. Später saß Estella in einer Bar und sprach dort kurz mit dieser Freundin."

„Ja, aber das wissen wir doch schon alles."

„Aber niemand hat jemals nachgefragt, wer dieser Mann war und wie er aussah."

„Es gab doch eine Beschreibung der Freundin."

„Die hat ihn aber nur von weitem gesehen und später im Auto."

„Ja und?"

Ghetti verstand immer noch nicht, worauf Marek hinaus wollte.

„Überleg doch mal. In der Bar wurden sie doch bedient, aber niemand hat sich die Mühe gemacht die Kellnerin, oder den Kellner zu befragen."

„Scheiße, du hast recht. Ich hol dich gleich ab."

Bei Marek machte sich ein starkes Hungergefühl bemerkbar. Kein Wunder, er hatte ja nicht einmal gefrühstückt. Dann musste es erst einmal ein Stück Brot tun. Für mehr war jetzt keine Zeit.

Gerade hatte er das letzte Stück hinuntergewürgt und mit einem Schluck Wasser nachgespült, als Ghetti mit quietschenden Reifen vor dem Haus hielt. Marek zog schnell seinen Mantel über und ging hinunter.

„Bist du sonst noch weiter gekommen?", fragte Ghetti, als sie die Viale Santa Margherita entlang rasten.

„Ich habe bis in die Nacht die Akte studiert und mich mit diesen Anrufen beschäftigt. Von allen fünf Anrufen habe ich mir Stichpunkte notiert."

„Wieso fünf? Es gab doch nur vier."

„Du vergisst den im Patriarchat. Der zählt auch."

„Stimmt. Und hast du Querverweise gefunden?"

„Nein, wie denn? Ich habe heute Morgen Silvana angerufen. Sie soll anhand dieser Stichworte ihr Archiv durchforsten. Hoffentlich kommt dabei etwas Brauchbares heraus."

Knapp dreißig Minuten später parkten sie den Wagen vor einer Boutique, überquerten den Corso und betraten die Bar, in der Estella damals von ihrer Freundin gesehen wurde.

„Was darf es sein?", fragte der Mann hinter dem Tresen, offenbar froh endlich Kunden zu haben.

„Ich nehme einen *Caffè Corretto*, einen doppelten und ein *Panino* mit *Prosciutto Cotto* und Käse. Und du?"

„Nur einen Caffè."

„Kommt sofort."

Marek nahm genüsslich einen Schluck, als sie ihre Bestellung erhalten hatten. Der Mann hatte wahrlich nicht mit dem Grappa gegeizt.

„Sagen Sie", nuschelte er kauend, nachdem er herzhaft in sein *Panino* gebissen hatte, „arbeiten Sie schon länger hier?"

„Mir gehört der Laden. Warum?"

„Schon länger?"

„Ja, fast fünf Jahre. Um was geht's denn?"

„Können Sie sich an den Fall des verschwundenen Mädchens vor zwei Jahren erinnern?"

„Ich glaube schon", meinte der Mann vorsichtig, „ist aber schon lange her. Stand auch in der Zeitung."

„Genau und dieses Mädchen wurde hier in Ihrer Bar das letzte Mal gesehen. Sie war mit einem Mann zusammen und wir würden gerne wissen, wer sie damals bedient hat. Könnten Sie vielleicht einmal genau nachdenken?"

„Also…", stöhnte der Mann.

„Bitte!"

Der Mann zog die Stirn in Falten und sah vor sich auf den Boden.

„Also wenn ich es recht überlege", sagte er nach einer Weile, „könnte ich das sogar gewesen sein. Ja, stimmt. Der Mann hat Prosecco bestellt. Kam mir damals komisch vor."

„Warum?"

„Sie war so jung. Viel jünger als er."

„Haben Sie damals sonst noch etwas bemerkt. Etwas Auffälliges vielleicht?"

Der Mann dachte angestrengt nach.

„Ich will nichts Falsches sagen, aber ich glaube er hat ihr etwas gegeben. Dann hat er bezahlt und ist alleine weg. Ja, stimmt. Das hatte mich noch gewundert. Ach ja. Ein anderes Mädchen hat danach kurz bei ihr gesessen. Mehr weiß ich nicht."

„Warum haben Sie das damals nicht schon der Polizei gesagt?"

„Die haben mich nicht gefragt und ich dachte ja nicht, dass es wichtig war. Ist das Mädchen denn nicht wieder aufgetaucht?"

„Nein, leider nicht. Es wäre sehr hilfreich, wenn Sie uns den Mann beschreiben könnten."

„Das ist doch schon so lange her."

Marek bezahlte.

„Überlegen Sie. Der Maresciallo hier kommt morgen mit einem Phantombildzeichner vorbei."

„Wenn es sein muss", stöhnte der Mann.

„Ja, muss es. Bis morgen."

„Phantombildzeichner?", lachte Ghetti, als sie wieder auf der Straße waren. „Das geht heute bei uns über ein Computerprogramm."

Marek stopfte den Rest seines Brötchens in den Mund.

„Echt?", staunte er. „Ist ja toll."

***

Marek ließ sich von Ghetti in der Via San Giovanni Bosco absetzen und ging dort in den kleinen Markt, in der Hoffnung dort noch ein paar Cornetti zu ergattern. Er hatte Glück und bekam die beiden letzten Hörnchen. Zufrieden marschierte er die wenigen Schritte zu seiner Wohnung.

Nachdem er das Gebäck genüsslich verspeist hatte, fühlte er sich müde. Er holte eine Wolldecke aus dem Schlafzimmer, legte sich auf seine Couch und schlief sofort ein.

11

Als Marek aufwachte fühlte er sich wie gerädert. Er streckte sich und sah im Dämmerlicht auf seine Armbanduhr. Es war schon später Nachmittag.

Sein Magen knurrte laut und vernehmlich und verlangte nach etwas essbaren. Er ging in die Küche, doch mehr als ein paar Sandwiches mit Salami und Käse gab sein Kühlschrank nicht her.

Da er keine Lust mehr hatte einzukaufen oder zu kochen, würde er sich ein Abendessen bei Rosa gönnen. Dann rief er Silvana an.

„Ich habe noch nichts. Ich sagte doch, dass es dauern kann."

„Ich wollte dich ja auch nur fragen, ob du heute Abend mit zu Rosa gehst. Ich hab vergessen einzukaufen."

„Tut mir leid *caro*, aber ich schaffe das heute nicht mehr. Wenn ich etwas habe, melde ich mich sofort. Versprochen."

Dann musste er wohl alleine essen. Er zog sich um, stieg in seinen alten Lada und fuhr in Richtung Altstadt. Gerade als er in die Via Roma einbiegen wollte fiel ihm ein, dass ja Weihnachten kurz vor der Tür stand und er noch kein Geschenk für Silvana hatte.

Sofort stellte er den Wagen ab und ging zurück zur Via dal Moro Luigi. Dort gab es einen kleinen Juwelierladen, der auch teilweise ausgefallenen Schmuck anbot und bei dem Silvana immer stehen blieb um sich die Auslagen anzusehen.

Als sie das letzte Mal gemeinsam dort vorbeigingen, hatte sie ihm ein paar sehr ausgefallene Ohrringe gezeigt und er hoffte nun, dass sie noch zu haben waren.

Sie waren, aber er musste schlucken, als er den Preis vernahm. Doch dann dachte er was soll's. Es ist ja nur einmal Weihnachten. Die Schmuckstücke wurden in ein hübsches Samtkästchen gelegt und gleich mit weihnachtlichem Geschenkpapier und passender Schleife verpackt. Konnte er bei dem Preis ja auch wohl verlangen.

Gut gelaunt verließ er den Laden und ging zu Fuß zur Trattoria.

„*Ciao Roberto*. Bist du heute alleine?", begrüßte ihn Rosa.

„Ja und ich hatte keine Lust zu kochen. Was hast du denn heute für mich?"

„Hast du viel Hunger?"

„Und wie."

„Wie wäre es mit *carne in tecia* und dazu *radicchio*

rosso ai ferri?"

„Mmh, überredet und dazu bitte ein Fläschchen Raboso."

„Kommt sofort", grinste Rosangela, die sich immer freute, wenn Marek bei ihr einkehrte. Er war der einzige, für den ihre Küche eine Religion war.

Marek lief schon das Wasser im Mund zusammen und um die Zeit zu überbrücken knabberte er ein paar *Grissini*.

Später, als er abgefüllt und rundum zufrieden nach Hause kam, legte er sich gleich ins Bett und fiel fast augenblicklich in einen festen, traumlosen Schlaf.

***

Am nächsten Morgen erwachte er schon sehr früh, aber er fühlte sich frisch und ausgeschlafen.

Beschwingt ging er in die Küche, setzte Caffè auf und steckte sich eine Zigarette an.

Ein Blick aus dem Fenster zeigte ihm, dass sich das Wetter gebessert hatte. Zumindest war es nur leicht bewölkt und am Horizont kroch langsam die Sonne empor.

Irgendwie hatte er das Gefühl, dass es ein erfolgversprechender Tag werden würde.

Nach der zweiten Tasse Caffè nahm er eine ausgiebige Dusche, rasierte sich, kleidete sich an und setzte sich an seinen Schreibtisch. Dort nahm er ein größeres Blatt Papier, schrieb alle Stichworte aus den Anrufen gleichmäßig verteilt darauf und versuchte mögliche Verbindungslinien zu finden.

Als er nach einer Weile desillusioniert aufgeben wollte, klingelte sein Telefon. Es war Silvana und ihre Stimme klang aufgeregt.

„Ich glaube, ich habe was gefunden", kam sie gleich zur Sache.

„Das trifft sich gut. Ich nämlich nicht."

„Also pass auf. Vor etwa drei Jahren gab es einen schweren Verkehrsunfall auf der Viale Trieste in Portogruaro. Direkt vor der Piazza Marinetti. Dabei wurde ein junger Mann getötet. Sein Name war Gianluca Orseolo. Er stammte aus einer alten Familie in Grado. Der Fahrer beging Fahrerflucht."

Sie machte eine kurze Pause.

„Schön, aber wie passt das zusammen?"

„Wenn man den Namen Orseolo in die Suchmaschine eingibt, kommt man auf einen der letzten Patriarchen von Grado aus dem elften Jahrhundert. Und der ist, wie auch Gianluca in Grado bestattet."

„Ah, du meinst, dass man das Mädchen dort entsorgt hat. Das könnte sein."

„Ja, allerdings sind die Orseolos auch eine alte venezianische Familie, die auch Dogen hervorgebracht hat. Das wäre dann auch eine Spur."

„Dann suchen wir zuerst einmal in Grado. Du bist genial! Ich rufe gleich Michele an. Danke *cara*."

Sofort wählte Marek Ghettis Nummer. Nervös trommelte er mit den Fingern auf der Schreibtischplatte, während es am anderen Ende läutete.

„*Pronto*", meldete sich Ghetti nach einer Weile.

„Wo steckst du, verdammt?"

„Dir auch einen schönen guten Morgen. Man wird ja mal ohne Handy auf die Toilette gehen dürfen."

„Na gut, genehmigt. Also pass auf. Silvana hat einen roten Faden gefunden und wir müssen gleich nach Grado."

„Was? Wieso nach Grado und wieso gleich?"

„Erzähl ich dir unterwegs. Ich warte auf dich."

Bevor Ghetti noch etwas erwidern konnte, hatte Marek das Gespräch beendet und dem jungen Maresciallo blieb nichts anderes übrig, als sich ins Auto zu setzen und ihn abzuholen.

Aber er wusste auch, wenn Marek es so eilig hatte, war garantiert etwas dran. Darauf konnte man sich zu einhundert Prozent verlassen.

***

Auf der Fahrt nach Grado hatte Marek seinem Freund den neuen Sachverhalt erklärt.

„Und du meinst im Ernst, dass wir dort das Mädchen finden?"

„Könnte doch sein. Versuchen müssen wir es auf jeden Fall."

Nach fast eineinhalb Stunden Fahrt, bei Latisana steckten sie in einem, durch eine Baustelle verursachten Stau, fuhren sie über die endlos scheinende und fast schnurgerade Straße, die über die Lagune auf die Hauptinsel von Grado führte.

„Schön hier", meinte Marek, „fast wie Venedig."

Vorbei an teuren Motorbooten auf der einen und zahlreichen Hotels auf der anderen Seite, erreichten sie die Brücke zur Isola Le Cove, auf der sich der Friedhof befand. Ghetti parkte den Wagen vor dem fast neoklassizistisch aussehenden Portal, was Marek entfernt an die Architektur eines Albert Speer gegen Ende der 1930er Jahre erinnerte. Einzig die große Reliefplatte in der Mitte über dem Tor löste die Strenge etwas auf.

Da niemand zu sehen war den sie hätten fragen können, teilten sie sich auf. Marek suchte die linke und Ghetti die rechte Seite ab.

Plötzlich kam Ghetti angerannt und rief, dass er das Grab gefunden hätte. Marek eilte sofort zu ihm und im zweiten Gewann fanden sie die Grabstätte von Gianluca Orseolo. Es war ein Familiengrab und im Grab daneben waren schon mehrere aus dieser Familiendynastie beigesetzt. Auf der dicken Granitplatte, die dieses Grab abdeckte, stand jedoch nur ein einzelner Name.

Auf der Platte lagen frische Blumen und dahinter stand ein steinerner Engel unter einem, von Säulen gestütztem Baldachin aus poliertem Granit.

Marek umrundete aufmerksam die Grabstätte. Plötzlich bückte er sich und befühlte mit den Fingern die Steinkante an der Kopfseite des Grabes.

„Hier, das ist Steinstaub. Da war jemand dran. Wir brauchen unbedingt die Genehmigung zur Graböffnung."

„Wie stellst du dir das vor? Wir sind hier in einer anderen Provinz."

„Wir haben doch damals der Questura in Triest geholfen, oder? Dann können die ja auch einmal etwas für uns tun."

„Na gut", meinte Ghetti, „ich kann es ja mal versuchen."

Aber wohl war ihm nicht dabei, wenn er an den Behörden-Marathon dachte, den er nun vor sich hatte. Ein Grab in einer anderen Provinz öffnet man nicht so einfach und erst recht nicht, wenn es sich um das Grab reicher Leute handelt.

***

Nachdem Ghetti in die Caserma zurückgekehrt war, ging er direkt zu Maggiore Mambretti. Vor dessen Büro zog er nochmal seine Uniform stramm, dann klopfte er an.

Er wartete bis er zum Eintreten aufgefordert wurde, dann öffnete er die Tür einen Spalt und steckte den Kopf hindurch.

„*Permesso?*"

„Kommen Sie herein, Ghetti. Was gibt's? Kommen Sie voran?"

Die ganze Zeit hatte er überlegt, wie er sein Anliegen vorbringen sollte und nun stand er da und wusste nicht weiter.

„Maresciallo?"

„Oh, entschuldigen Sie, aber es ist etwas delikat."

„Delikat? Was reden Sie da? Raus mit der Sprache."

Ghetti räusperte sich und legte dann einfach los.

„Es ist so. Wir haben diesen Priester…den der bei Ihnen war, nochmals befragt und er hat uns einen verschlüsselten Hinweis gegeben."

„Einen verschlüsselten Hinweis? Was soll das denn bedeuten?"

„Sie wissen doch wie das bei Priestern mit den anvertrauten Geheimnissen ist. Jedenfalls hat Commissario Marek jetzt einen Zusammenhang gefunden."

„Das hört sich doch gut an."

„Ja, aber dazu benötigen wir die Genehmigung zu einer Graböffnung."

„Ach so, Sie vermuten, dass man das Mädchen in einem falschen Grab…mmh…quasi entsorgt hat."

„Ja, genau."

„In diesem Fall sollte das ja dann kein Problem sein."

Ghetti verlagerte das Gewicht von einem Bein auf das andere.

„Da ist noch ein Haken."

Mambrettis Gesicht verfinsterte sich. Wenn Ghetti oder Marek so kamen, bedeutete das Probleme.

„Und welcher Haken?", fragte er vorsichtig.

„Das Grab gehört einer prominenten Familie und es ist in Grado."

„Oh Gott!"

Mambretti lehnte sich in seinem Sessel zurück.

„Ich habe es befürchtet. Und Sie sind sich da wirklich ganz sicher?"

„Ziemlich sicher. Alles spricht dafür und wir haben verdächtige Spuren einer Manipulation an der Grababdeckung gefunden."

„Ach, Sie waren auch schon dort. Na schön, ich rufe gleich Questore Palvarini in Triest an. Mal sehen, was der dazu sagt."

Ghetti strahlte über das ganze Gesicht.

„Grazie Maggiore!"

Dann salutierte er und ging hinaus. Vor der Türe musste er erst einmal seine Krawatte lockern. Jetzt brauchte er zuerst einen Caffè und dann musste er Marek anrufen.

„Mambretti kümmert sich darum."

„Guter Mann. Was hat er gesagt?"

„Na ja, begeistert war er nicht gerade."

„Egal, Hauptsache wir bekommen den Beschluss. Allerdings glaube ich nicht, dass es vor Weihnachten noch etwas wird."

„Du würdest dich glatt noch an Heiligabend dort auf den Friedhof stellen."

„Silvana würde mich umbringen."

„Ich könnte sie verstehen", lachte Ghetti. „Ich fahre jetzt noch mit einem Kollegen nach Portogruaro um das Phantombild anfertigen zu lassen."

„Oh, das hätte ich jetzt total vergessen. Melde dich, wenn ihr es fertig habt. *Ciao.*"

***

„Ach Sie sind es", empfing sie der Besitzer der Bar, „ich wollte gerade schließen."

„Wieso das denn? Es ist doch noch nicht so spät."

„Ist nix los. Sehen Sie ja. Warum sollte ich dann hier herumstehen?"

„Na, dann machen Sie uns mal zwei Caffè und

dann erzählen Sie dem Kollegen hier, wie der Kerl ausgesehen hat. Er schafft wahre Meisterwerke mit seinem Laptop."

Widerwillig bereitete der Mann den Caffè und gesellte sich dann zu Ghettis Kollegen, der an einem der leeren Tische Platz genommen und den Rechner ausgepackt hatte.

Aus der anfänglichen Abneigung wurde immer mehr Interesse und Begeisterung. Nach einer halben Stunde rief der Kollege Ghetti an den Tisch.

„Ich glaube wir haben es, Maresciallo."

Ghetti konnte kaum glauben was er sah.

„Super, das ist ja wie ein richtiges Foto. Du bist ein Genie, Olivieri", und zu dem Barbesitzer gewandt. „Und Sie sind sicher…?"

„Hundert Prozent. Das ist der Typ. Hat doch Spaß gemacht. Der Caffè geht aufs Haus."

***

Als Ghetti zurück in die Caserma kam, war es bereits dunkel geworden.

Er ließ sich die Datei überspielen. Dann rief er Marek an.

„Wir haben ein Bild. Ein sehr gutes sogar. Dem Mann von der Bar hat es am Ende richtig Spaß gemacht. Ich schicke es dir per E-Mail und lasse es bei uns durch den Computer laufen. Vielleicht haben wir etwas über ihn."

„Gute Arbeit. Bis dann."

Marek rieb sich die Hände. Es lief doch alles wunderbar. Jetzt musste er nur noch Silvana informieren.

„*Ciao cara*, bist du schon zu Hause?"

„Nein, ich bin noch in der Redaktion. Warum?"

„Deine Recherchen waren ein Volltreffer. Wir waren heute in Grado und haben das Grab von diesem Gianluca Orseolo gesehen. Es sieht aus, als hätte sich vor nicht so langer Zeit jemand daran zu schaffen gemacht. Mambretti bemüht sich gerade um einen Beschluss zur Graböffnung und Exhumierung."

„Das muss ich gleich meinem Redakteur erzählen. Das wird *die* Story."

„Halt, halt", versuchte er sie zu bremsen, „du kannst jetzt noch nichts darüber schreiben."

„Und warum nicht? Schließlich habe ich ja eure Arbeit gemacht."

„Ich bin dir ja auch sehr dankbar, aber wenn du jetzt etwas darüber bringst, scheuchst du alle auf und sie verwischen die wenigen Spuren, die nach zwei Jahren noch da sind."

„Na gut", schmollte sie nach einer Weile, „aber wenn das jemand vor mir bringt, erschieße ich dich."

„Keine Sorge, du hast das wie immer exklusiv. Ich

schicke dir noch ein Phantombild. Es zeigt den Mann, der Estella am Tag ihres Verschwindens angesprochen hatte und mit ihr in einer Bar gesehen wurde. Vielleicht sagt euch das Gesicht etwas."

„Wieso hat das damals denn niemand gemacht?"

„Das war nicht das einzige Versäumnis."

„*Bene*, du denkst aber schon noch daran, dass in zwei Tagen Weihnachten ist, oder?"

„In drei…"

„In zwei. Heute zählt nicht mehr."

„Wie könnte ich das vergessen?"

„Warst du schon einkaufen?"

„Was denn?"

„Roberto!", fuhr sie ihn an, „Ich habe dir vorgestern eine Liste mit Dingen gegeben, die ich unbedingt noch brauche. Vielleicht kannst du dich noch daran erinnern, dass wir Weihnachten gemeinsam bei mir verbringen, oder hast du das auch vergessen?"

„Ach ja, die Liste. Keine Sorge, besorge ich alles morgen."

„Na hoffentlich, sonst gibt es eben nichts zu essen. *Buona notte*."

Sie hatte einfach aufgelegt.

„Wieso ist Weihnachten allen wichtiger, als dieser Fall?", fragte er sich. Was soll's? Sie wird sich wieder beruhigen.

Dann setzte er sich an seinen Laptop und öffnete die E-Mail, die Ghetti geschickt hatte. Der junge Mann auf dem Foto machte auf den ersten Blick einen ordentlichen und gepflegten Eindruck, aber wie er aus jahrelanger Erfahrung wusste, konnte das auch täuschen.

Er leitete die E-Mail gleich an Silvana weiter und da er immer noch nicht wusste, wie er eine Mail auf sein Handy bekam, druckte er sich das Foto einfach aus. Damit würde er morgen gleich Estellas Freundin konfrontieren. Und diesen Zeugen, diesen Maurizio Lodigiani würde er sich auch noch einmal genauer ansehen. Diese Namensgleichheit konnte doch kein Zufall gewesen sein.

12

Giovanni Temporini lief in seiner eleganten Zweizimmerwohnung hin und her, wie ein Tiger in seinem Käfig. Nervös steckte er sich die nächste Zigarette an.

Von einem Informanten hatte er gerade telefonisch erfahren, dass die Polizei nun nach über zwei Jahren wieder in dem Fall eines Mädchens ermittelte, das er damals rekrutiert hatte. Konnten sie es nicht einfach dabei belassen, wie in den anderen Fällen auch?

Bisher liefen die Aktionen immer reibungslos, aber in diesem Fall gab es nur Probleme und nun das.

Er verfluchte den Tag, an dem er dieses blöde Miststück angesprochen hatte.

Seine Auftraggeber hatten ihn beruhigt. Er solle sich keine Gedanken machen, aber die hatten leicht reden. Die saßen in ihren dicken Sesseln und waren immun gegen alles, was in der wirklichen Welt vor sich ging. Sie kauften sich notfalls ihr Recht.

Er hatte durch diesen Job zwar auch gutes Geld verdient, aber von denen war er so weit entfernt, wie die Erde von der Sonne.

Er musste sich beruhigen und diesen Leuten einfach glauben, dass sie alles in gewohnte Bahnen lenken würden.

***

Marek war wieder früh auf den Beinen, hatte ausgiebig gefrühstückt und den Gazzettino gelesen. Damit er es nicht wieder vergaß, hatte er Silvanas Einkaufliste auf den Küchentisch gelegt.

Da die Schulferien erst am Heiligabend begannen, konnte er Estellas Freundin nicht vor Nachmittag befragen, aber diesem Barbesitzer konnte er schon früher auf den Zahn fühlen. Zum Einkaufen war danach immer noch Zeit.

Irgendetwas stimmte da nicht. Im Polizeibericht schrieb Bellucci, dass er diesen Lodigiani befragt hätte und *der* den Anruf geleugnet hat. Das war alles. Nicht einmal einen Verbindungsnachweis gab es. Das hätte man auf jeden Fall überprüfen müssen. Es gab auch keinen Vermerk über eine Telefonnummer. Kam der Anruf von einem Festnetzapparat, oder von einem Handy? Laut Bericht kam dieser Anruf direkt zu den Orsinis und die hatten wahrscheinlich nicht darauf geachtet.

Nun war es ohnehin zu spät. Die Provider speicherten ihre Daten bestimmt nicht auf so lange Zeit.

Marek drückte seine Zigarette aus, schnappte sich

die Einkaufsliste und das Foto und verließ das Haus.

Es war merklich kälter geworden und es sah aus, als würde es bald schneien. Silvana würde sich bestimmt freuen. Sie liebte Weihnachten mit Schnee. Er weniger. Eigentlich gar nicht. Gelinde gesagt konnte er Schnee nicht ausstehen.

Als er nach San Stino hinein fuhr, fühlte er sich fast in seine Heimat versetzt. Um den Verkehrskreisel gruppierten sich ein Lidl-Markt und ein Penny-Markt. Nach einer Weile hatte er dann endlich die Bar gefunden. Er stellte seinen Lada auf einem Parkplatz gegenüber ab und ging hinein.

Es war niemand zu sehen, auch nicht hinter dem Tresen.

„Hallo, jemand zu Hause?"

„Komme ja schon", vernahm er eine Stimme und dann erschien ein korpulenter Mann, etwa Mitte vierzig, mit lockigem schwarzen Haar und einem Geschirrtuch über der Schulter.

„Was darf's sein?"

„Einen *Caffè Corretto*."

„Mit Grappa oder Brandy?"

„Mit Grappa, aber keinen Fusel bitte. Den vertrage ich nicht."

„Ich hab keinen Fusel", meinte der Mann beleidigt und machte sich an der Kaffeemaschine zu schaffen.

„Sind Sie Maurizio Lodigiani?"

„Wer will das wissen?", fragte der Mann vorsichtig und stellte den Caffè auf den Tresen.

„Ich", entgegnete Marek trocken und legte vier Euro daneben.

„Und wer sind Sie?"

„Commissario Marek."

Dem Mann traten die ersten Schweißperlen auf die Stirn. Für Marek ein untrügliches Zeichen, dass etwas nicht stimmte, oder er etwas zu verbergen hatte.

„Ja, das bin ich. Warum? Hab ich falsch geparkt?"
Der Mann versuchte lässig zu wirken.

„Vor zwei Jahren wurden Sie von einem Sergente Bellucci zu einem Anruf befragt, den Sie getätigt haben sollten."

„Kann mich nicht daran erinnern. Ist schon zu lange her."
Marek trank einen Schluck.

„Ich glaube nicht, dass Sie an Demenz leiden. Also strengen Sie sich mal etwas an."

„Kann schon sein. Jetzt, wo Sie es sagen. Ja, damals war ein Bulle hier. Aber ich hab ihm gleich gesagt, dass ich nicht angerufen habe."

„So? Und warum sollte jemand ausgerechnet Ihren Namen verwenden? Es gibt doch so viel einfachere und in dieser Gegend gängigere Namen."

„Das weiß ich doch nicht. Fragen Sie doch den, der angerufen hat."

„Mach ich doch gerade", bluffte Marek und es schien einen Moment lang so, als hätte er damit Erfolg. Doch dann fing der Mann sich wieder.

Er grinste Marek an.

„Ich war es nicht. Suchen Sie sich jemand anderen."

Doch eine Patrone hatte er noch. Eine letzte Chance. Er musste es versuchen. Das Überraschungsmoment zählte jetzt. Er wartete ab bis der Mann sich sicher fühlte.

„Doch, Sie waren es. Wir haben die Verbindungsnachweise von Ihrem Telefonanbieter…"

Der Mann glotzte ihn einen Moment lang mit offenem Mund an.

„Aber der hat doch gesagt…"

Dann merkte er, dass er sich verraten hatte.

„Was hat *der* gesagt? Und wer ist *der*?"

Der Mann blies geräuschvoll die Luft aus und ein Schwall Knoblauchduft hüllte Marek ein.

„Mann, ich schwöre, ich hab nur angerufen und gesagt, was er mir aufgeschrieben hatte. Sonst nix. Er gab mir 'nen Hunderter dafür. Da sag ich doch nicht nein, oder? Und er sagte, dass man den Anruf später nicht mehr nachverfolgen könnte."

„Aber Sie wussten doch, dass es um ein vermisstes Mädchen ging. Haben Sie sich nichts dabei gedacht?"

„Aber das habe ich doch erst später gehört."

„Lesen Sie keine Zeitung?"

„Nur den Sportteil. Steht ja sonst nichts Gescheites drin."

Marek zog das Foto aus der Tasche und legte es auf den Tresen.

„War das der Mann?"

„Ja, genau. So sah er aus. Da fällt mir ein, der fuhr einen dicken schwarzen BMW."

„Wenn Sie mich angelogen haben sollten, oder mir etwas verschwiegen haben, komme ich wieder und nehme den Laden hier auseinander."

Marek drehte sich um und ging zur Tür.

„Der Mann hatte übrigens recht", rief er und winkte dem Mann noch einmal zu ohne sich umzudrehen, „die Anrufe kann man nicht mehr nachverfolgen."

Zufrieden mit sich und dem Ergebnis fuhr Marek nach Hause. Dort informierte er umgehend Ghetti über das, was er in Erfahrung gebracht hatte.

„Wir sind auf der richtigen Spur. Es ist aber unglaublich, was die Polizei sich damals für Versäumnisse geleistet hat."

„Solch ein Fall kam hier ja in der Vergangenheit auch nicht so oft vor. Die Kollegen waren ja nicht darauf geschult."

„Du brauchst sie gar nicht in Schutz zu nehmen. Das waren ja keine Dorfpolizisten, sondern die Questura von Portogruaro. Aber noch etwas anderes. Ich wollte der Freundin von Estella auch einmal dieses Foto zeigen. Falls sie ihn auch wiedererkennt, haben wir es offensichtlich nur mit einem Drahtzieher zu tun."

„Gute Idee."

„Kommst du mit? Es wäre vielleicht besser, wenn ein Uniformierter bei der Befragung eines Schulmädchen dabei ist."

„Das Schulmädchen ist mittlerweile siebzehn", lachte Ghetti, „aber ich komme trotzdem mit."

***

„Wie hieß das Mädchen nochmal?", fragte Marek, als Ghetti am Nachmittag den Wagen vor dem Wohnhaus in der Via Alessandro Volta in Ottava Presa abstellte.

„Vittoria Marino."

Auf ihr Läuten kam keine Reaktion. Offenbar war niemand zu Hause. Sie wollten schon aufgeben, als ein pinkfarbener Motorroller vor dem Haus hielt und

118

ein großes, schlankes Mädchen abstieg. Als sie die beiden Männer erblickte, stockte sie einen Moment.

„Kennen Sie Vittoria Marino?", fragte Ghetti.

„Ja, das bin ich. Um was geht's?"

„Wir hätten nur eine Frage zu ihrer verschwundenen Freundin Estella Orsini."

„Die ist doch schon lange verschwunden. Außerdem hatte ich dem Polizisten damals alles gesagt."

„Wir möchten Sie auch nur bitten sich ein Foto anzusehen", drängte Ghetti.

Marek angelte das Bild aus der Tasche und hielt es dem Mädchen vor die Nase.

„Erkennst du den Mann? Ist das der Mann, mit dem Estella gesprochen hatte?"

Widerwillig blickte Vittoria auf das Foto, dann riss sie die Augen auf.

„Ja, das ist der Typ. Ganz genau so sah er aus. Nur halt mit einem Anzug."

„Vielen Dank, Vittoria."

Marek steckte das Bild wieder ein.

„Haben sie Estella…?"

„Nein, noch nicht, aber wir arbeiten daran."

***

Stunden später, es begann schon dunkel zu werden, wollte Temporini eine kleine Spritztour machen um sich abzulenken. Er verließ das elegante Haus in der Via Giodo Bortolazzi in San Donà di Piave, setzte sich in seinen feuerroten Alfa Romeo Spider und rauschte davon.

Als er die letzten Gebäude hinter sich gelassen hatte, drehte er seinen frisierten Sportwagen auf der fast geraden SS14 voll auf und genoss den Rausch der Geschwindigkeit. So konnte er für einen kurzen Augenblick seine Sorgen vergessen.

Kurz vor Osteria Minetto beschrieb die Straße eine weite Linkskurve um dann in einen Verkehrskreisel zu münden. Temporini nahm den Fuß vom Gas und wollte vor der Kurve abbremsen, doch die Bremse reagierte nicht. Verzweifelt trat er mehrfach auf das Pedal, jedoch ohne Wirkung.

Gerade als er den Scheitelpunkt der Kurve erreicht hatte, verlor er die Kontrolle über das Fahrzeug und schoss geradeaus in die Umgrenzung eines Gehöfts. Der Metallpfosten der hinteren Einfahrt zu diesem Hof zerschnitt die Motorhaube fast in zwei Teile. Temporinis Kopf knallte auf das Lenkrad und dann nach hinten gegen die Lehne. Leblos hing er stark blutend in dem rauchenden Wrack, als die vom Lärm aufgeschreckten Bewohner des Hofs herbeigeeilt kamen und ihn fanden.

**

Als Ghetti ihn vor seiner Haustür abgesetzt hatte,

fiel Marek siedend heiß ein, dass er schon wieder die Einkäufe vergessen hatte. Silvana würde ihn lynchen. Also kletterte er in seinen Lada und fuhr zu seinem Lieblingsmarkt in der Via dei Calamari.

Ein Blick auf die Uhr sagte ihm, dass er noch genug Zeit für seinen Einkauf hatte. Nach einer halben Stunde stand er mit einem vollen Einkaufswagen wieder auf dem Parkplatz. Bis auf das Fleisch und den Fisch hatte er so ziemlich alles bekommen. Den Rest würde er morgen Vormittag besorgen. Da waren die Sachen noch frisch.

Zufrieden fuhr er nach Hause und verstaute seine Einkäufe in der Küche. Dann schenkte er sich einen Grappa ein, steckte sich eine Zigarette an, setzte sich an den Küchentisch und dachte darüber nach, wie man an diesen jungen Mann auf dem Foto herankommen könnte. Sie hatte ja nicht einmal einen Namen. Ein Aufruf in der Zeitung könnte ihn aufscheuchen und dann wäre er vielleicht für immer von der Bildfläche verschwunden. Und seine Hintermänner, von deren Existenz Marek überzeugt war, wären dann auch gewarnt.

Das Klingeln seines Handys riss ihn aus seinen Überlegungen. Es war Ghetti.

„Ich glaube, wir haben den Typ", sprudelte er gleich los.

„Was? Welchen Typ?"

„Na den vom Foto."

„Und ich mache mir die ganze Zeit Gedanken, wie man an ihn herankommt. Wie habt ihr ihn denn gefunden?"

„Ich hatte das Foto doch bei uns ins interne Netz gestellt und jetzt haben sich die Kollegen aus San Donà die Piave gemeldet. Da gab es vorhin einen Unfall und sie sind sich sicher, dass der Unfallfahrer der Mann auf dem Bild ist."

„Super! Dann fahren wir gleich hin und nehmen ihn auseinander."

„Eher nicht."

„Wieso?"

„Er hat sich wohl selbst auseinander genommen. Er war offenbar zu schnell unterwegs und hat in einer Kurve seinen Sportwagen zerlegt. Er liegt im Koma."

„Scheiße! Aber der wird doch wieder, oder?"

„Können sie noch nicht sagen. In ein, zwei Tagen wissen sie mehr."

„Dann sag deinen Kollegen dort, sie sollen unbedingt einen Uniformierten vor die Tür setzen. Vierundzwanzig Stunden, rund um die Uhr. Niemand außer den bekannten Ärzten und Schwestern darf da rein. Niemand, hörst du?"

„Ja, aber meinst du wirklich...", fragte Ghetti etwas verwirrt.

„Und ob ich das glaube. Der hat nicht alleine gehandelt und einfach mal ein Mädchen angesprochen. Ich denke, unser Exorzist könnte in Teilen recht haben. Da steckt noch viel mehr dahinter."

„*Bene*, ich gebe es sofort weiter."

„Wie heißt denn der Vogel eigentlich?"

„Frag ich gleich nach."

„Da wir ja nun erst einmal nichts mehr tun können, vorab schon *buon natale*, Michele."

„Danke, dir auch. Grüß Silvana von mir. Sollte was sein..."

„...meldest du dich umgehend und wenn es mitten in der Nacht ist."

13

Es war der vierundzwanzigste Dezember und sie hatten nichts mehr gehört, was sie in ihrem Fall weitergebracht hätte. Nun konzentrierte sich alles und jeder auf das bevorstehende Fest.

Marek hatte die Einkäufe zum größten Teil schon am Vortag zu Silvana gebracht. Nun hatte er nur noch eine Kiste Wein auszuladen, als er am Nachmittag seinen Lada in der Viale Falconera abstellte.

Silvana empfing ihn völlig aufgelöst mit umgebundener Schürze und mehligen Händen.

„*Ciao cara*. Was treibst du in dieser Verkleidung?"

„Halt den Mund und stell die Kiste hier ab."

„Hier im Flur?"

„Ja, und störe mich nicht. Wusstest du, dass es bei neunzig Prozent aller Ehepaare an Weihnachten Krach gibt?"

„Wir sind ja zum Glück nicht verheiratet."

„Trotzdem. Ich muss mich jetzt weiter ums Essen kümmern und nachher wollen wir ja auch noch zu *Natale sul Mare*."

„Was? Das auch noch?"

„Keine Widerrede. Das ist Tradition hier."

Damit entschwand sie in der Küche, während er

es sich im Wohnzimmer mit einem Glas Wein gemütlich machte.

Marek hatte in den etwas mehr als zwei Jahren, die er nun schon hier lebte, einiges über die italienische Art Weihnachten zu feiern gelernt. So auch, dass Heiligabend, der *Vigilia di Natale*, der Weihnachts-Vorabend ist, an dem man zwar auch gut isst, aber zumeist auf Fleisch verzichtet. In früherer Zeit sah man diesen Tag in der katholischen Kirche als zweiten Fastentag nach Karfreitag an. So gibt es traditionell an diesem Tag heute noch ein Fischgericht statt Fleisch. Geschenke gibt es normalerweise auch erst am ersten Weihnachtstag.

„Du kannst zum Essen kommen", rief Silvana, nachdem Marek schon sein zweites Glas Wein getrunken und sich durch blödsinnige Fernsehsendungen gezappt hatte.

Er stemmte sich aus dem Sessel und ging in die geräumige Essküche, wo ihn ein hübsch dekorierter Tisch erwartete.

„Schön", sagte er und nahm Platz.

„Mehr fällt dir dazu nicht ein?"

„Du kannst mich heute nicht aus der Reserve locken und auch nicht in den nächsten zwei Tagen. Ich will einfach nicht streiten."

Jetzt musste sie lachen und gab ihm einen Kuss

auf die Stirn.

„Was gibt es denn Gutes? Es duftet köstlich."

„Zuerst gibt es *Ostriche gratinate al forno*, danach *Spaghetti alle Vongole*, weil du die so gerne magst und als Hauptgericht gibt es *coda di rospo alla saltimbocca*."

„Wow! Und danach willst du noch weg?"

„Danach tut dir ein Spaziergang sicher gut."

***

Nach diesem köstlichen Essen räumte Silvana den Tisch ab, während Marek den Caffè aufsetzte und den Grappa holte. Zum Caffè servierte Silvana noch den an Weihnachten unvermeidlichen *Panettone*.

„Das war göttlich", lobte er und lehnte sich satt und zufrieden zurück.

„Das freut mich. Ich mache mich nur noch schnell fertig, dann können wir gehen."

„Wenn es sein muss", stöhnte er und ergab sich in sein Schicksal.

Er hatte gerade seine Verdauungszigarette geraucht, als Silvana mit Mantel und Schal wieder erschien.

„Auf jetzt, du Faulpelz. Das ist ein Erlebnis."

„Na gut", seufzte er und stand auf.

Hand in Hand schlenderten sie die Via Pineda entlang zur Salita dei Fiori bis zur Chiesa Madonna dell' Angelo. Dort hielten sie einen Moment inne, obwohl hinter ihnen an den weihnachtlichen Buden schon reger Betrieb herrschte.

„Immer wieder schön hier", flüsterte Silvana und schmiegte sich an ihn.

„Aber saukalt."

„Banause."

Auf der Piazza Vescovado hatte man eine Schlittschuhbahn aufgebaut, bei der aus mehreren Lautsprechern Weihnachtslieder dröhnten. Glücklicherweise war sie zu diesem Ereignis vorrübergehend geschlossen.

Sie hatten sich noch einen guten Platz ergattern können, von wo aus sie auch die Ankunft der Prozession auf dem Wasser verfolgen konnten.

Dann war es endlich soweit. Mehrere Taucher entzündeten Fackeln und trugen die Krippenfigur des Jesuskindes aus dem Wasser über die Piazza zum Dom um sie dort in der Krippe niederzulegen. In diesem Moment begann es leicht zu schneien, was dem ganzen noch mehr Atmosphäre verlieh.

„Diese Inszenierung hat was", dachte Marek und sehnte sich nach einem Schnaps oder *Vino caldo*, während Silvana tief gerührt und mit einer kleinen Träne im Augenwinkel alles auf sich wirken ließ.

„Jetzt ist Weihnachten", sagte sie dann leise und zog ihn zu einer der Buden.

„Du wolltest doch bestimmt etwas trinken, oder?"

„Woher weißt du?"

„Ich kenne dich. Rot oder weiß?"

„Weiß, bitte."

Als er sich seine Hände an dem Glühweinbecher wärmte, erblickte er Ghetti in der Menge und winkte ihm zu. Doch der war zu sehr mit seiner Freundin beschäftigt und ging vorbei, ohne ihn zu bemerken.

„Du wirst ja auch mal zwei Tage ohne ihn auskommen", maulte Silvana, die das natürlich bemerkt hatte.

„Ja sicher. Ich dachte nur…"

„Ich weiß was du dachtest. Du wolltest wissen, ob es etwas Neues gibt."

Marek musste schmunzeln. Sie hatte ihn wieder ertappt.

Buon natale, cara."

Buon natale."

***

Am nächsten Morgen wurde Marek durch den Duft von frischem Caffè geweckt, der ihm in die Nase zog. Er blinzelte in das weißgraue Zwielicht, das durch die Fenster hereindrang.

Silvana saß auf der Bettkante und hielt ein Tablett mit frischem Caffè und ein paar Scheiben Panettone in der Hand.

„Buon giorno. Frühstück."

Er drehte sich zu ihr um und sie hauchte ihm einen Kuss auf die Wange.

„Cornetti gibt's keine, da die Geschäfte zu sind."

„Der Panettone tut's auch. Danke."

Dann sah er, dass nur eine Tasse und ein Teller auf dem Tablett standen.

„Frühstückst du nicht?"

„Hab ich schon, aber ich muss mich jetzt um das Mittagessen kümmern und das Abendessen vorbereiten."

„Wie spät ist es denn?"

„Gleich elf. Und heute Abend haben wir ja auch noch Gäste?"

„Was? Wer denn in Gottes Namen? Ich dachte, wir wären unter uns", rief er entsetzt.

Marek konnte solche Veranstaltungen wie Essen mit Verwandten oder Bekannten nicht ausstehen. Da wurde seiner Meinung nach jede Menge dummes Zeug erzählt und es war einfach nur nervig.

Sie musste schmunzeln, als sie seinen entsetzten Gesichtsausdruck sah.

„Ich habe Michele und seine Freundin eingeladen, da du ja offenbar Sehnsucht nach ihm hattest. Und ich habe dann jemanden mit dem ich reden kann, während ihr euch wieder über Mord und Totschlag unterhaltet."

Marek stieß erleichtert die Luft aus.

„Ach so. Gute Idee."

„So jetzt muss ich", sagte Silvana, stand auf und verschwand in der Küche, während er sich über sein Frühstück hermachte.

Später tauschten sie ihre Geschenke aus und er war gespannt, was sie zu den Ohrringen sagen würde. Die Antwort bekam er sofort.

„Bist du verrückt? Die sind ja bildschön. Da habe ich schon oft davorgestanden und sie bewundert. Vielen Dank! Ich hoffe dir gefällt dein Geschenk auch."

„Nein", rief Marek begeistert, als er das kleine Päckchen geöffnet hatte, „Parsifal in Venedig von Giuseppe Sinopoli und dann noch in Leder gebunden. Ich wusste gar nicht, dass es das gibt."

„Gibt's ja auch nicht. Habe ich extra für dich binden lassen."

„Danke, cara. Du bist die beste."

„Wie viele hast du denn noch?"

„Nur dich natürlich."

Dann zog er sie an sich und küsste sie.

„Jetzt muss ich aber weitermachen", sagte sie mit Bedauern und löste sich sanft von ihm.

„Nachher kommen unsere Gäste und das Essen ist

nicht fertig."

***

Pünktlich um achtzehn Uhr erschien Ghetti mit seiner Freundin Maria.

Maria stammte eigentlich aus Savignano Irpino, einer kleinen Gemeinde in der Provinz Avellino im Süden Italiens, zwischen Foggia und Neapel gelegen. Ihr Studium hatte sie nach Venedig verschlagen. Im letzten Sommer lernten sich Maria und Michele Ghetti bei einem Musikfestival kennen.

Silvana war sie sofort sympathisch, da sie sich auch hervorragend mit ihr über Dinge unterhalten konnte, die Micheles frühere Errungenschaften nicht einmal vom Namen her kannten.

Marek öffnete erst einmal den goldgelben Barolo Grappa, den Ghetti mitgebracht hatte und schenkte eine Runde ein.

„Komm Maria, wir lassen die beiden erst einmal alleine", meinte Silvana und zog Ghettis Freundin mit in die Küche, während es sich die Männer im Wohnzimmer gemütlich machten.

„Hast du schon was aus dem Krankenhaus gehört?", fragte Marek, als sie alleine waren.

„Alles unverändert. Er ist aber stabil, sagen die Ärzte."

„So ein Mist!", fluchte Marek. „Wenn wir ihn ausquetschen könnten, hätten wir eine gute Chance das Mädchen zu finden."

„Wenn der wieder zu sich kommt, kannst du ihn ja nicht gleich auseinandernehmen."

„Aber befragen wird man ihn ja wohl dürfen."

„Eben, deine Art von Befragung hab ich ja schon öfter erlebt."

„Na komm", gab Marek den Beleidigten und steckte sich eine Zigarette an. „Findest du es denn nicht auch komisch, dass er ausgerechnet jetzt seinen teuren Sportwagen verschrottet, als wir den Fall neu aufgerollt haben?"

„Woher sollte er das denn wissen?"

„Ich habe mit diesem Maurizio Lodigiani gesprochen. Vielleicht kennen die beiden sich doch näher. Und Mambretti hat einen Antrag zur Öffnung des Grabes gestellt. Da ist auch noch die Staatsanwaltschaft involviert."

„Na also, du glaubst doch nicht…"

„…denk mal daran, was dieser Padre gesagt hat. Was ist, wenn er recht hat und hochrangige Staatsdiener mit drinstecken? Deshalb wollte ich doch auch, dass er bewacht wird."

Ghetti wurde blass.

„Scheiße, wenn das stimmt, sind wir auch nicht mehr sicher."

„Nun mach dir nicht gleich in die Hosen."

„Ich darf dich daran erinnern, was Anfang des Jahres war. Da…"

„Ist ja schon gut", winkte Marek ab, „ich hab's doch überlebt."

Er wollte nicht mehr daran erinnert werden, was ihm im Fall mit dem verbrannten Journalisten am Dreikönigstag widerfahren war.

„Wir müssen halt jetzt sehr vorsichtig agieren. Nur du, Mambretti und ich. Sonst niemand. Und noch etwas, lass diesen Sportwagen untersuchen. Ich wette, der war manipuliert."

„Gut, das veranlasse ich gleich nach Weihnachten. Vorher macht da eh keiner etwas."

„Hast du jetzt auch seinen Namen?"

„Ja, Giovanni Temporini. Stammt aus Belluno und arbeitet als Fahrer für eine kirchliche Stiftung."

„Haben deine Kollegen die Wohnung durchsucht?"

„Nein, die haben ohnehin schon gemault, dass sie an Weihnachten im Krankenhaus Wache schieben müssen."

Marek konnte es nicht fassen.

„Dann veranlasse das sofort, bevor uns jemand zuvor kommt, verdammt. Denkt hier eigentlich jeder nur an Weihnachten?"

„Das fällt aber nicht in unsere Zuständigkeit."

„Dann schick denen von mir aus Mambretti auf den Hals. Jedenfalls muss es sofort sein."

Dann wurden sie von Silvana zu Essen gerufen und gingen hinüber in die Küche, wo sie von köstlichen Düften empfangen wurden. Damit war Ghetti vorerst von dieser unangenehmen Aufgabe entbunden und Marek wollte vor Silvana nicht darauf bestehen, da er sonst einen ihrer Ausbrüche befürchten musste. Während des Essens waren Gespräche über Polizeiarbeit ohnehin tabu.

Zuerst gab es *gnocchi de patate* mit einer würzigen Tomatensoße. Dazu öffnete Marek eine Flasche Bardolino Chiaretto.

Danach gab es als Hauptgericht *carne in tecia* mit Gemüse und Ofenkartoffeln. Dazu einen Raboso aus der Region.

Zum Abschluss servierte Silvana noch einen Pandoro, den sie auf Bitten von Marek noch mit einer Mascarponecreme gefüllt und mit Schokolade überzogen hatte.

Mit Caffè und Grappa ließen sie den gemütlichen Abend ausklingen.

Beim Hinausgehen raunte Marek seinem Freund leise zu sich um die Durchsuchung zu kümmern.

Danach half er Silvana noch beim Abwasch und

beim Aufräumen.

„Das war köstlich. Du hast dich selbst übertroffen, *cara*."

„*Grazie*. Ich fürchte morgen müssen wir das noch einmal essen. Es ist noch so viel da."

„Macht nichts. Das schmeckt auch morgen noch."
„Lass uns schlafen gehen."

„Ja, ich bin auch todmüde."

14

Am nächsten Morgen war Marek schon früh auf den Beinen. Leise schlich er sich aus dem Schlafzimmer um Silvana nicht aufzuwecken. Dabei stieß er sich seinen Fuß recht schmerzhaft an der Bettkante und konnte nur mühsam einen lauten Fluch unterdrücken. Silvana schnaufte kurz, drehte sich aber gleich wieder um.

Nachdem er die Tür vorsichtig geschlossen hatte, humpelte er in die Küche. Die Wanduhr zeigte kurz vor sieben. Noch zu früh um Ghetti anzurufen. Also bereitete er sich erst einmal einen starken Caffè und steckte sich eine Zigarette an. Da Silvana Zigarettenrauch in ihrer Küche nicht mochte, öffnete er das Fenster. Die frische kalte Luft ließ ihn frösteln, sorgte aber für einen klaren Kopf.

Er trank seinen Caffè aus, nahm eine Dusche und kleidete sich an. Nun war es seiner Meinung nach spät genug um Ghetti anzurufen.

„Pronto", stöhnte nach einer Weile eine verschlafene Stimme am anderen Ende der Leitung.

„Buon giorno Michele. Ausgeschlafen?"

„Machst du Witze? Was ist überhaupt los? Wieso bist du schon auf?"

„Was heißt *schon*? Es ist bereits nach acht Uhr."

„Eben, mitten in der Nacht und es ist Feiertag. Was ist denn los?"

„Wir haben Arbeit. Schon vergessen?"

„Na gut", stöhnte Ghetti, „ich mache mich gleich fertig und fahre in die Caserma."

„Und gib mir gleich Bescheid, wenn du etwas erreicht hast."

„Ja, ja, ist klar. *Ciao*."

***

Eine Stunde später war Ghetti in seinem Büro. Als erstes rief er im Krankenhaus an. Am Zustand des Patienten hatte sich noch nichts geändert.

Dann überlegte er, wie er den Kollegen in San Donà beibringen sollte, das Auto und die Wohnung zu untersuchen. Sie würden ihn steinigen. Doch Maggiore Mambretti an Weihnachten aus dem Bett zu klingeln, stellte er sich noch viel schlimmer vor. Also entschied er sich für steinigen.

Wie zu erwarten war, gestaltete sich die Sache schwierig. Ghettis Kollegen sahen keinen Grund an Weihnachten auf ihr gemütliches Zuhause zu verzichten, nur um eine Schrottkarre untersuchen zu lassen, oder eine Wohnung zu durchsuchen, was man nach Weihnachten auch tun konnte. Die lief ja nicht weg und außerdem könnte man sie noch schnell versiegeln.

Als Ghetti einwarf, dass solch ein Papiersiegel bisher noch niemanden davon abgehalten hätte trotzdem in eine Wohnung zu gelangen, hatte sein Gegenüber genug.

„Dann kommen Sie doch her, holen sich den Schlüssel und durchsuchen die Wohnung selbst, wenn Sie an Weihnachten nichts anders zu tun haben", raunzte der Kollege Ghetti an und legte auf.

„Das ist nicht die schlechteste Lösung", dachte er und rief Marek an.

Eine halbe Stunde später waren sie auf dem Weg nach San Donà di Piave.

„Wenigstens können wir hier weiter machen", meinte Marek halbwegs zufrieden.

„Tja, das Auto werden sie wohl erst morgen untersuchen lassen, falls sich jemand dazu bereit erklärt."

„Kein Wunder, dass sich in diesem Land die Mafia breit machen konnte, wenn die Polizei an Feiertagen keine Lust hat zu arbeiten."

„So ist das nun auch wieder nicht. Die gab es hier schon, bevor wir eine richtige Polizeistruktur hatten. Außerdem gibt's die ja bei euch auch, nur kommen die halt aus Russland. In Italien sind solche Feiertage wie Weihnachten und Ostern halt besondere Familienfeste."

„Und wenn ein Haus brennt, sagt die Feuerwehr wir löschen nach Weihnachten, oder was?"

„Nein, natürlich nicht. Das ist ja auch etwas anderes. So, hier sind wir. Ich hole nur schnell den Schlüssel."

Ghetti hatte den Wagen vor einem schmucklosen weißgrauen Kasten abgestellt und eilte hinein.

„Wir können den Wagen hier stehen lassen. Die Wohnung ist gleich da vorne. Es sind nur ein paar Schritte", rief er, als er kurz darauf wieder zurückkam.

„Dann hätten deine Kollegen ja auch mal schnell hingehen können."

„Die sind fast ausgestorben da drin. Es sind nur drei Leute im Dienst und davon einer in der Telefonzentrale und einer im Krankenhaus. Die sind überhaupt nicht gut auf uns zu sprechen."

„Das ist mir ausgesprochen egal", brummte Marek.

„Das hier müsste es sein."

„Nicht schlecht. Ein Sportwagen und eine Wohnung in solch einem Haus. Verdient man als Fahrer so viel?"

„Eher nicht", meinte Ghetti und schloss die Wohnung auf.

Offensichtlich war noch niemand vor ihnen dort gewesen. Es war ausgesprochen sauber und ordentlich.

„Nicht schlecht", rief Ghetti aus dem Schlafzimmer, als er den Kleiderschrank geöffnet hatte, „alles teure Designerklamotten. In meinem nächsten Leben werde ich auch Fahrer bei der Kirche."

„Die ganze Bude ist teuer eingerichtet. Da muss eine alte Oma lange für stricken."

„Was?"

„Das sagt man so bei uns."

„Ach so."

„Oh, was haben wir denn hier", rief Marek aus dem Wohnraum nebenan.

Ghetti eilte herbei und sah, dass Marek einen kleinen Ordner und einen Dokumentenkasten aus dem Sekretär geholt hatte.

„Hier, das sind Kontoauszüge. Der hatte wahrlich kein schlechtes Einkommen. Wir müssen nur herausfinden, wer die Einzahler sind."

„Und was ist in dem Kasten?"

Marek hob den Deckel ab. Neben diversen Papieren befanden sich darin auch etliche Fotos.

„Das nehmen wir mit. Wir haben jetzt keine Zeit das alles zu sichten."

„Aber wir haben keinen Beschluss."

„Na und? Deine Kollegen hier hätten ja einen be-antragen können. Hauptsache wir bringen etwas Licht in die Geschichte."

Marek klemmte sich den Ordner und den Kasten unter den Arm und sie verließen die Wohnung.

„Und nun?", fragte Ghetti.

„Wo steht denn die Karre von unserem Freund?"

„Das kann ich ja die Kollegen gleich fragen. Wir müssen ja sowieso dahin zurück."

Während Marek die Fundsachen im Wagen ver-staute, ging Ghetti wieder in die Station der Carabi-nieri um kurz darauf mit einem breiten Grinsen wie-der zu erscheinen.

„Was ist los?", fragte Marek. „Haben sie dir doch etwas zu Weihnachten geschenkt?"

„Ja, ich weiß wo der Wagen abgestellt wurde. Wollen wir dahin?"

„Gleich, aber zuerst fahren wir die Strecke ab, die unser Freund gefahren ist. Vor allem interessiert mich die Unfallstelle."

„Das ist ja nicht sehr weit."

Knapp zehn Minuten später kamen sie an die Kurve, in der Temporini verunglückt war. Ghetti fuhr langsam bis zu dem Hoftor, auf dessen Pfosten der Wagen geprallt war. Hier stiegen sie aus und Marek ging langsam mit gesenktem Kopf die Straße zurück bis etwa zum Scheitelpunkt der Kurve. Dann kam er wieder zurück.

„Hier", rief er Ghetti zu und deutete auf die Fahrbahn, „das dürfte Bremsflüssigkeit sein. Er wollte kurz vor der Kurve bremsen und als das nicht ging, hat er wild gepumpt und ist geradeaus gerast. Jede Wette, dass die Bremsleitungen defekt sind."

„Aber da frage ich mich doch, warum das bei der Unfallaufnahme nicht bemerkt wurde."

„Ich mich allerdings auch. Vielleicht waren da alle schon in Weihnachtsstimmung."

Kurz darauf hielten sie vor dem Tor des Abstellplatzes, auf dem von der Polizei konfiszierte Fahrzeuge oder auch Unfallwagen abgestellt wurden.

Der Wachmann hatte die Füße auf den kleinen Tisch in seiner Hütte gelegt und schlief. Er sah nicht gerade erfreut aus, als Ghetti gegen die Scheibe klopfte, aber als er die Uniform sah, erhob er sich widerwillig und öffnete das Tor ohne weiter nachzufragen.

Das, was von dem feuerroten Spider übrig war, war schnell gefunden. Marek hatte seinen Mantel ausgezogen und war sofort unter das Wrack gekrochen, soweit es ging. Kurz darauf tauchte er grinsend wieder auf. Auf seiner Stirn hatte er einen schwarzen Streifen und seine Hände waren voller Öl und Dreck.

„Bingo! Sauber angesägt. Am Anfang merkst du nichts, aber beim ersten harten Bremsen hast du keinen Druck mehr."

Dann beugte er sich in den Wagen.

„Da hat einer ganze Arbeit geleistet", rief er Ghetti zu, „der Sicherheitsgurt wurde auch angeschnitten und ist beim Aufprall gerissen. Der wollte auf Nummer sicher gehen. Sag dem Wächter Bescheid, dass niemand, aber auch wirklich niemand mehr an das Auto geht. Das muss die Staatsanwaltschaft aufnehmen."

Zufrieden mit dem Ergebnis ihrer Nachforschungen fuhren sie zurück.

***

„Kannst du mir mal verraten, wo du jetzt herkommst und dann noch so dreckig?", wurde er von Silvana empfangen, als er ihre Wohnungstür aufschloss. „Einfach sang und klanglos verschwinden ohne eine Nachricht zu hinterlassen."

„Tut mir leid. Ich dachte nicht..."

„Du denkst nie", tobte sie weiter.

„Jetzt hör mir doch mal zu. Ich war mit Ghetti in San Donà, weil die Kollegen dort sich geweigert haben die Wohnung eines Verdächtigen zu untersuchen."

„Die haben recht. Es ist schließlich noch Weihnachten."

„Du nicht auch noch", stöhnte er.

„Moment. Sagtest du *Verdächtiger*?"

„Ja, warum?"

„Dann komm mit in die Küche und dort erzählst du mir alles ganz genau. Der Caffè ist noch heiß."

So schnell konnte sie sich auch wieder beruhigen, wenn sie eine Story witterte.

15

Carlo Sartori wanderte ungeduldig im Flur des Krankenhauses hin und her. In ein paar Minuten würde seine Ablösung kommen und er könnte dann endlich zu seiner Frau und dem leckeren Festessen fahren. Stundenlang saß er nun hier schon unnützerweise auf dem Flur um eine Tür zu bewachen. Dabei lag in dem Zimmer doch kein Prominenter. Nur irgendein Typ, der seine Karre zu Schrott gefahren hatte. Wahrscheinlich noch besoffen.

Dann hörte er leise Schritte.

„Na endlich", dachte er und sah um die Ecke des Gangs.

Aber es war offenbar nur ein Arzt der nun mit schnellen Schritten auf ihn zukam. Viel zu spät bemerkte er, dass in diesem weißen Kittel kein Arzt steckte. Der Mann zog in einer fließenden Bewegung eine Pistole mit Schalldämpfer aus seiner Tasche. Sartori versuchte noch verzweifelt sein Holster aufzubekommen, da traf ihn die erste Kugel in die Seite. Er taumelte und fiel hin. Im Fallen traf ihn eine zweite Kugel in die Schulter. Er sah noch das Gesicht seiner Frau an einem festlich gedeckten Tisch, dann wurde es dunkel.

***

Marek und Silvana saßen am Abend dieses zweiten Weihnachtsfeiertags gemütlich in der Küche und verputzten die Reste des Vortags.

Sie hatten gerade den Nachtisch verspeist, als irgendwo ein Handy klingelte.

„Das ist deins", meinte Silvana etwas angesäuert, „geht das schon wieder los?"

Marek stand seufzend auf und ging in den Flur, wo sein Telefon in der Tasche seines Mantels unaufhörlich läutete.

„*Pronto.*"

„Es ist etwas passiert", meldete sich Ghetti atemlos.

„Was ist wo passiert?"

„In San Donà im Krankenhaus. Es wurde ein Anschlag auf Temporini verübt."

„Scheiße! Und hat dein Kollege den Angreifer erwischt?"

„Nein, leider nicht. Er hat *ihn* erwischt."

„Mist! Und wie geht's ihm?"

„Keine Ahnung. Die Kollegen haben mich nur schnell informiert."

„Was ist mit Temporini?"

„Dem ist nichts passiert. Warum auch immer. Ich fahre jetzt gleich hin."

„Ich fahre mit. Holst du mich bei Silvana ab?"

„Was sagt sie denn dazu?"

„Ich werde es ihr schonend beibringen. Bis gleich."

„Was willst du mir schonend beibringen?"

Silvana war unbemerkt hinter ihn getreten und hatte den Rest des Gespräches mitbekommen.

Marek drehte sich schuldbewusst um.

„Im Krankenhaus von San Donà gab es wohl eine Schießerei."

„Und was hast du damit zu tun? Hier ist nicht San Donà."

„Der Anschlag galt offensichtlich unserem Verdächtigen. Dabei hat es wohl den wachhabenden Carabiniere erwischt. Michele holt mich gleich ab."

„Na schön", gab sie sich großzügig, „aber ich will nachher einen ausführlichen Bericht."

„Na klar."

Er drückte ihr einen Kuss auf die Wange, schnappte sich seinen Mantel und weg war er.

***

Ghetti hielt mit quietschenden Reifen vor dem Ospedale in San Donà. Dann rannten er und Marek die Treppe zum Eingang hinauf. Dort wollte sie ein Carabiniere aufhalten.

„Wo?", rief Ghetti nur.

„Da hinten. Erster Stock, Gang 2."

Der Brigadiere wollte noch salutieren, aber da waren die beiden schon an ihm vorbei und er ließ es bleiben.

Weiter vorne sahen sie das Schild *Unità di Terapia Intensiva.* Sie rannten durch einen hell erleuchteten Gang mit weißen Wänden und spiegelblankem hellgrauem Boden. Dann sahen sie eine Gruppe von Polizisten vor einem Krankenzimmer stehen. Der Bereich war notdürftig abgesperrt und auf dem Boden waren noch Blutspuren zu erkennen.

„Maresciallo Ghetti", stellte er sich bei den Kollegen vor, „und das ist Commissario Marek. Was ist genau passiert?"

„Ich bin Maresciallo Boscolo. Es lief wohl so ab. Brigadiere Sartori hatte hier die Tagwache und wartete auf seine Ablösung. Als er Schritte hörte, dachte er, es sei sein Kollege. Dann sah er einen Arzt mit schnellen Schritten auf sich zukommen. Erst dachte er sich nichts dabei, doch dann zog der eine Pistole mit Schalldämpfer und schoss sofort. Sartori wurde getroffen, wollte aber noch seine Waffe ziehen. Da traf ihn eine zweite Kugel und er verlor das Bewusstsein. Zum Glück kam da gerade Brigadiere Trevisan aus dem Aufzug hier vorne. Er sah was passiert war, zog sofort seine Waffe und schoss auf den Täter. Der konnte aber fliehen."

„Hat er ihn erwischt?"

„Glaube nicht. Die Kugel steckt da drüben in der Wand und es gibt keine Blutspuren."

„Und wie geht es Sartori?"

„Der hat Glück im Unglück gehabt. Der erste Schuss streifte nur seine Rippen und der zweite war ein glatter Durchschuss in der Schulter. Das Bewusstsein verlor er wohl, weil er im Fallen mit dem Kopf gegen die Wand gestoßen ist."

„Dann ist er ansprechbar?"

„Ja, wir haben in zu Temporini ins Zimmer legen lassen. Da haben wir auch ein Auge auf ihn."

Ghetti und Marek betraten das Zimmer. Auf der linken Seite lag ihr Verdächtiger, angeschlossen an eine Reihe von Apparaturen und auf der anderen Seite lag Sartori, dessen leichenblasses Gesicht aus einem Turban ähnlichen Kopfverband lugte. Sein rechter Arm war ebenfalls verbunden und steckte in einer Schlinge.

„Hallo Kollege", sagte Ghetti, „können Sie uns eventuell ein paar Frage beantworten?"

„Wenn Sie nicht unbedingt diesen Arsch da drüben bewachen lassen wollten, würde ich jetzt nicht so hier liegen, wäre bei meiner Frau und könnte mein Weihnachtsessen genießen."

„Also ja", konstatierte Marek und betrachtete Sartoris Uniformjacke und das Koppel mit dem Holster.

„Können Sie den Mann beschreiben, der auf Sie geschossen hat?"

„Wie denn? Es ging alles so schnell. Ich weiß nur noch, dass er einen weißen Kittel trug. Deshalb dachte ich ja, es wäre ein Arzt."

„Haben Sie nicht versucht Ihre Waffe zu ziehen?", fragte Marek dazwischen.

„Doch, aber ich bekam sie nicht schnell genug heraus."

„Das ist doch schon das neue VEGA Funktionsholster. Da können Sie die Pistole in einem Rutsch herausziehen, ohne irgendetwas aufzuknöpfen, wie bei den alten Lederholstern. Einfach nur den Knopf drücken und draußen ist sie."

„Wer ist das denn?", fragte Sartori verärgert.

„Das ist Commissario Marek. Und?"

„Was und?"

„Warum bekamen Sie die Waffe nicht raus?"

„Weiß nicht, da muss was geklemmt haben. Und jetzt lassen Sie mich in Ruhe."

Marek nahm das Holster, zog mit einem Rutsch die Waffe heraus und hielt sie Sartori vor die Nase.

„Geht doch. Gute Besserung."

„Was war das denn?", fragte Ghetti, als sie wieder

in Richtung Aufzug gingen.

„Ich wollte nur sehen, warum das Holster unberührt war. Der Mann war einfach nicht wachsam. Als er merkte, dass es kein Arzt war, der da auf ihn zukam, wurde er so nervös und hatte Angst, dass er vergeblich an dem Ding herumgefummelt hat. Das hätte ihn das Leben kosten können."

„Na ja, kann man ja auch verstehen. Sei mal etwas nachsichtig mit dem Kollegen."

16

Am nächsten Tag wurde Ghetti gegen Mittag zu Maggiore Mambretti gerufen.

„Buon giorno, Maggiore."

„Buon giorno. Nehmen Sie Platz."

Das musste ja etwas ganz wichtiges sein, wenn er sogar aufgefordert wurde sich zu setzen.

„Was war das gestern in San Donà? Die dortigen Kollegen haben eine offizielle Beschwerde vom Krankenhaus auf dem Tisch, die sie an mich weitergeleitet haben, da einer meiner Leute die Sache zu verantworten hätte."

„Nun, wir haben im Fall Orsini einen Verdächtigen ermittelt, der nach übereinstimmenden Aussagen von Zeugen zuletzt mit Estella gesehen wurde."

„Das ist doch hervorragend. Das ist vor zwei Jahren nicht gelungen."

„Ja, aber dieser Verdächtige hatte einen schweren Unfall und liegt seither im Koma und das im Ospedale von San Donà. Wir haben herausgefunden, dass sein Wagen manipuliert wurde. Die Bremsleitungen und sein Sicherheitsgurt wurden angeschnitten. Ich hatte daraufhin die Kollegen in San Donà gebeten, den Mann zu bewachen, da wir befürchten mussten,

dass es einen weiteren Anschlag auf ihn geben könnte. Und genau das ist gestern Abend passiert. Ein als
Arzt verkleideter Mann kam bis auf die Station. Der
Brigadiere, der die Wache hatte, war wohl nicht sehr
aufmerksam, da er auf seine Ablösung wartete. Er
schaffte es nicht seine Waffe zu ziehen und wurde
von dem Angreifer zweimal getroffen. Glücklicherweise nicht sehr schlimm. Der Kollege der ihn ablö-
sen wollte, kam gerade rechtzeitig in diesem Moment, aber der Angreifer konnte fliehen. Leider
konnte ihn niemand beschreiben."

„Gut, dann haben Sie ja alles richtig gemacht und
ich kann die Beschwerde abhaken."

„Danke, Maggiore."

„Aber ich habe hier noch etwas erfreuliches."

Er reichte Ghetti ein Schriftstück.

„Was ist das?"

Der Questore von Triest hat der Graböffnung zu-
gestimmt. Morgen früh um acht Uhr. Ich hoffe für Sie
und Commissario Marek, wir erleben da keine Plei-
te."

„Danke, das hoffen wir auch, aber wir müssen allen Spuren nachgehen. Es sind ohnehin nicht so viele
und die sind nach so langer Zeit eiskalt."

„Das verstehe ich. Viel Glück."

Ghetti salutierte und wollte das Büro verlassen,

als Mambretti ihn noch einmal zurückrief.

„Noch etwas Ghetti. Sie sind der erste, der es erfährt. Als ich vor einem halben Jahr zum Maggiore befördert wurde, sagte man mir, dass für die Leitung der Station in Caorle ein Capitano ausreichen würde und ich mit einer Versetzung rechnen müsste. Nun hat man mir angeboten nach Treviso zu gehen."

„Aber müssen Sie dahin?", stammelte Ghetti entsetzt. „Sie bleiben doch hoffentlich hier Maggiore, oder?"

„Das war die Frage, die ich mir stellen musste. Man will mich eigentlich nach Treviso versetzen. Da wäre ich dann die Nummer drei und Anwärter auf die stellvertretende Leitung. Wenn ich allerdings hierbleiben könnte und würde, wäre der Weg für Sie erst einmal verbaut. Sie wären hier sicher der nächste Capitano, aber einen Capitano und einen Maggiore wird man hier nicht genehmigen."

Ghetti stieß erst einmal geräuschvoll die Luft aus.

„Vielen Dank für Ihr Vertrauen Maggiore, aber ich bin auch so völlig zufrieden. Und ich bin noch nicht reif für den Schreibtisch. Bitte bleiben Sie."

Mambretti machte eine kurze Pause.

„Ich denke, ich werde bleiben."

Ghetti strahlte über das ganze Gesicht, salutierte noch einmal und verließ das Büro.

„Puh" stieß er draußen aus und musste sich erst einmal die Krawatte lockern.

Eilig ging er zu seinem Büro. Er musste Marek sofort die Neuigkeiten mitteilen.

***

Marek war schon den ganzen Vormittag mit der Sichtung der Papiere und Kontoauszüge von Giovanni Temporini beschäftigt.

Bei den Kontoauszügen sind ihm einige sehr dubiose Zahlungen aufgefallen, die er unbedingt überprüfen musste. Auch mit den Papieren kam er nicht viel weiter, von den Fotos ganz zu schweigen. Vielleicht konnte Silvana etwas damit anfangen.

Dann klingelte sein Telefon und nach einer Weile hatte er es auch unter einem Stapel Papier gefunden.

„*Pronto.*"

„Hallo Roberto. Es gibt Neuigkeiten."

„Dann lass mal hören."

„Zuerst einmal haben wir die Genehmigung zur Graböffnung bekommen."

„Donnerwetter! Das ging aber flott und das trotz Weihnachten. Da hast du wohl mächtig Eindruck hinterlassen damals in Triest."

„Ich glaube, das warst eher du. Morgen früh um acht Uhr sollen wir da sein."

„Was? So früh?", stöhnte Marek. „na ja, wenn es

sein muss."

„Das Zweite ist die Beförderung Mambrettis vom letzten Sommer. Sie wollen ihn nach Treviso versetzen, weil ein Maggiore für die Station in Caorle nicht vorgesehen ist."

„Gönne ich ihm. Treviso ist halt auch größer, aber könnte er vielleicht nicht doch hier bleiben? Wäre wirklich blöd, wenn du einen neuen Chef bekommen würdest. Der würde uns wahrscheinlich noch mehr auf die Finger sehen, oder unsere Zusammenarbeit komplett untersagen."

„Hab ich ihn auch gefragt und wie es aussieht kann und will er bleiben. Nur ich kann dann kein Capitano werden, aber das brauche ich jetzt sowieso noch nicht."

„Super, guter Mann. Wo du gerade dran bist. Ich bin dabei die Papiere von Temporini durchzusehen. Da sind einige seltsame Geldflüsse und es könnte sein, dass wir eine richterliche Anordnung brauchen um da Einblick zu bekommen."

„*Bene*, ich sag's Mambretti."

„Was die Papiere und die Fotos betrifft, bin ich noch nicht viel weiter."

„Dann hole ich dich morgen früh ab. Bis dann."

***

„Als sie am nächsten Morgen vor dem Friedhof in

Grado ankamen, war Marek übel gelaunt. Nicht nur, dass er mitten in der Nacht aufstehen musste, nein jetzt musste es auch noch anfangen zu regnen. Die feuchte Kälte zog ihm von unten in alle Knochen, während sich die Steinmetze daran machten, die schwere Grabplatte zu entfernen.

Als das geschafft war, befestigten Arbeiter der Friedhofsverwaltung Gurte an dem Sarg, zogen ihn nach oben, stellten ihn auf einem hölzernen Gestell ab und öffneten den Deckel.

Sofort trat der Gerichtsmediziner an den Sarg um die Proben für eine DNA Analyse zu entnehmen. Doch als er sich darüber beugte, zuckte er sofort wieder zurück.

Commissario Degrassi, der die Polizei von Triest vertrat, eilte sofort dazu und nach einem Blick in den Sarg winkte er Ghetti und Marek herbei.

„Das glaube ich jetzt nicht", entfuhr es Ghetti, „ob das Estella ist?"

„Zunächst ist mal eine Leiche zu viel hier drin", meinte Marek trocken. „Alles Weitere wird uns der Dottore bestimmt bald erzählen können."

„Danke Commissario, Dottore. Wir werden ihnen umgehend Vergleichsmaterial von dem vermissten Mädchen zusenden."

„Gut, dass es sich bei einer der beiden Leichen um

eine weibliche handelt, muss ich aber zuerst noch untersuchen."

Dann gab er Anweisung den Sarg zu schließen und in die Gerichtsmedizin zu bringen.

„Wir geben Ihnen Bescheid, sobald der Dottore seine Untersuchung abgeschlossen hat", verabschiedete sich Commissario Degrassi, „aber auch wenn es nicht die Vermisste ist, die Sie suchen, haben wir dank Ihnen ein Verbrechen aufgedeckt, das es zu untersuchen gilt."

Marek und Ghetti machten sich wieder auf den Heimweg.

„Wir holen unterwegs noch ein paar Cornetti und ich mache uns einen guten Caffè. Das haben wir uns verdient und ich hab noch nicht gefrühstückt."

***

Knapp zwei Stunden später saßen sie in Mareks Küche und tranken Caffè.

Ghetti betrachtete die Fotos, die sie bei Temporini fanden, während Marek sich schon das dritte Hörnchen in den Mund stopfte.

„Es ist auf jeden Fall nichts, was ich kenne. Nur Gestrüpp, Ruinen oder einsame Landschaften. Keine Ahnung warum man so etwas fotografiert. Hier sind noch zwei Bilder von einer alten Villa. Die scheint aber woanders zu sein. Die passt nicht zu den übrigen Fotos."

„Komisch ist auch der Mietvertrag für ein Motorboot aus Punta Sabbioni."

„Vielleicht wollte er nur mal durch die Lagune schippern."

„Vielleicht", meinte Marek geistesabwesend.

„Was hast du?"

„Da sind einige Schriftstücke von irgendwelchen Einrichtungen in Rom, mit denen ich noch nichts anfangen kann und dann gibt es Zahlungen, die durchaus damit in Verbindung zu bringen wären."

„Du warst doch Anfang des Jahres in Rom. Da hattest du doch diesen Journalisten kennengelernt. Vielleicht kann der dir helfen."

„Stimmt. Enrico Wagner, an den hatte ich gar nicht mehr gedacht. Den werde ich später direkt mal anrufen."

„So, ich muss dann mal wieder. Mambretti wartet bestimmt schon gespannt auf den Bericht. Wird ihn beruhigen, dass es ein Erfolg war. So oder so."

Nachdem Ghetti gegangen war, rief Marek den Journalisten in Rom an, mit dem er seit Anfang des Jahres befreundet war und berichtete ihm, an was sie gerade arbeiteten.

„Das hört sich genauso an wie die Geschichte, in der ein Kollege recherchiert hat. Wenn es dir recht ist, nehme ich ihn mit ins Boot."

„Natürlich, mach das. Ich schicke dir die Papiere per E-Mail."

„Sehr gut, dann kann ich gleich loslegen."

„Hat dein Kollege eigentlich etwas herausgefunden?"

„Leider nicht viel. Da wird viel von oben geblockt. Du weißt was das bedeutet."

„Nur zu gut."

„Aber jetzt haben wir wieder einen Aufhänger um weiter zu machen. Ich melde mich, sobald ich etwas habe. Grüß Silvana von mir. *Ciao*."

„Mach ich, danke. *Ciao*."

Eine Stunde später hatte er alles eingescannt und verschickt. Dabei musste er die Dateien auf mehrere E-Mails verteilen, da sein Mailprogramm mit der Datenmenge völlig überfordert war.

Am Abend saß Marek mit Silvana in seiner Küche und berichtete ihr die Neuigkeiten.

Da sie über die Feiertage schwer genug gegessen hatten, wollte er etwas Leichtes zubereiten und entschied sich für Penne mit Brokkoli und Anchovis, was er ohnehin gerne aß. Dazu öffnete er eine Flasche Verduzzo.

„Wenn das nicht Estella in dem Grab ist, kann ich aber etwas darüber bringen."

„Dann ja, aber nur dann. Obwohl ich langsam glaube, dass die schon über unser Vorgehen informiert sind."

„Du glaubst also wirklich, dass sie so gut vernetzt sind?"

„Ja, und das bis in die höchsten Kreise. Davon bin ich überzeugt. Dieser Temporini war nur ihr gut bezahltes Werkzeug, was jetzt nicht mehr gebraucht wird. Deshalb wollte man es beseitigen."

„Mit den Fotos kann ich auf den ersten Blick auch nichts anfangen. Kann ich die mal mitnehmen? Vielleicht finde ich in der Redaktion einen Hinweis."

„Sicher. Mal gespannt was Enrico herausbekommt. Du kannst dich noch an ihn erinnern?"

„Natürlich", sagte sie betrübt. „Meinst du, ich könnte diesen Fall jemals vergessen?"

„Ist doch alles gut, *cara*."

„Das sagst du so einfach."

„Ich soll dich auch schön von ihm grüßen."

„Danke. Ich muss dann auch mal nach Hause."

„Bleibst du nicht hier?", fragte er enttäuscht.

„Ich muss früh in die Redaktion und hab nicht alles dabei, was ich brauche."

Sie packte die Fotos ein und Marek brachte sie zur Tür. Dort fiel sie ihm um den Hals und küsste ihn.

„Pass auf dich auf, hörst du?"

„Ja, keine Angst. *Buona notte*."

***

Als Marek am nächsten Morgen aufwachte, spürte er das Kribbeln in der Bauchgegend, das sich immer meldete, wenn ein Fall dem Ende zuging. Also betrachtete er es als positives Zeichen und stand auf.

In der Küche setzte er Caffè auf und steckte sich eine Zigarette an. Beim Blick aus dem Fenster verschlechterte sich seine Laune. Es hatte wieder angefangen zu schneien und das Zeug blieb auch noch liegen. Es musste wohl noch kälter geworden sein.

Als sein Caffè fertig war, nahm er eine Tasse mit in sein Arbeitszimmer, steckte sich noch eine Zigarette an und befasste sich wieder mit den Kontoauszügen.

Wenn er nur herausfinden könnte, wer die Einzahler waren. Auf den Auszügen gab es nur Abkürzungen oder Zahlenkombinationen.

Dann rief Ghetti an.

„Der zuständige Richter hat eine Anordnung zur Kontoauskunft abgelehnt. Mambretti hat es mir gerade gesagt."

„Warum überrascht mich das jetzt nicht? Soweit hängen die also mit drin."

„Was meinst du?"

„Wenn ein Richter eine einfache null-acht-fünfzehn Anfrage ablehnt, wenn die Leute im Hintergrund über unsere Aktivitäten soweit unterrichtet sind, dass sie Zeugen beseitigen wollen, dann müssen die Strippenzieher doch an exponierten Stellen sitzen, oder?"

„So gesehen könntest du natürlich recht haben. Und was machen wir nun?"

„Wir warten auf das Ergebnis aus Triest, dann sehen wir weiter. Außerdem bin ich gespannt, was Enrico ausgräbt. Er sagte mir noch, dass ein Kollege in einem ähnlichen Fall in Rom recherchiert hätte und auch dem wurden von oben Knüppel zwischen die Beine geworfen. In der Zwischenzeit versuche ich hinter das Geheimnis der Zahlen und Abkürzungen zu kommen."

Sie hatten offenbar in ein Wespennest gestochen und die Wespen wurden nervös und wollten ihrerseits stechen.

Marek war auf einmal so vom Jagdfieber gepackt, dass er sogar vergaß zu frühstücken. Er nahm sich ein Blatt vor, auf dem nur Zahlen zu sehen waren. Dann nahm er die Auszüge auf denen auch nur Zahlen oder einzelne Buchstaben als Einzahler standen. Zuletzt nahm er sich seinen Notizblock und fing an sich Notizen zu machen.

Immer wieder verwarf er, was er notiert hatte und irgendwann schleuderte er wütend seinen Bleistift an die Wand. Da erst merkte er, dass sein Magen knurrte. Er stand auf, ging in die Küche und inspizierte seinen Kühlschrank. Da er für die Feiertage wieder viel zu viel eingekauft hatte, war noch genügend übrig. Er machte sich ein paar Sandwiches mit Salat, Käse, Schinken und Tomaten und verspeiste sie mit Heißhunger.

Danach ging es ihm besser und er beschloss einen Spaziergang zu machen. Es hatte aufgehört zu schneien und der Kälte würde er schon trotzen. Da war er aus seiner Heimat schlimmeres gewohnt.

Also machte er sich fertig und verließ das Haus. Den Kragen hochgeschlagen und die Hände tief in den Taschen vergraben, marschierte er in Richtung

Viale Santa Margherita. Als er an seinem Zeitungsladen vorbeikam ging er hinein und besorgte sich den Gazzettino und eine Packung MS. Als er den Laden wieder verließ, streifte sein Blick ein Werbeschild, auf dem ein Lottoschein abgebildet war. Das löste etwas in ihm aus, aber er wusste noch nicht was und ging erst einmal weiter. Kurz darauf blieb er wie angewurzelt stehen.

„Nein! Konnte das so einfach sein?", dachte er. „Das kann nicht sein, oder doch?"

Versuchen musste er es. Er machte kehrt und eilte zurück. In seinem Arbeitszimmer suchte er in seinen Bücherregalen nach einem bestimmten Werk, was er schon lange nicht mehr in der Hand hatte. Endlich, da war es. Vor vielen Jahren hatte er einmal während eines komplizierten Falls im Umfeld der Freimaurer ermitteln müssen. Dabei hatte er viele interessante Dinge erfahren und gelernt.

Unter anderem auch das Geheimnis der magischen Quadrate und wie sie von den Freimaurern für das Codieren von Mitteilungen genutzt wurden. Dem sogenannten Freimaurer Code. Wenn er Glück hatte, könnte dies hier eine einfachere Variante sein, der man sich bedient hatte.

Er zeichnete sich ein einfaches Quadrat, das er dann noch in neun gleich große Quadrate unterteilte.

In jedes dieser neun Quadrate schrieb er eine Zahl von eins bis neun, sodass alle horizontalen, vertikalen und diagonalen Reihen in der Summe fünfzehn ergaben.

6	7	2
1	5	9
8	3	4

Nun schlug er die betreffende Seite in seinem Buch auf. Dort waren verschiedene Varianten aufgezeigt, in denen die Felder der Quadrate mit Buchstaben gefüllt waren. Da im Freimaurer Alphabet alle Buchstaben in zwei neuner Quadraten und zwei X Abschnitten untergebracht waren, musste er nun eine Variante haben, in der fast alle Buchstaben in nur einem Quadrat untergebracht waren. Da es auch hier mehrere Möglichkeiten gab, wählte er die sogenannte *Noachitische Schrift* aus, da hier seiner Meinung nach die wichtigsten Buchstaben vertreten waren.

In den ersten beiden Quadraten jeder Reihe waren je zwei Buchstaben und hinter dem jeweils zweiten ein Punkt. In den letzten Quadraten jeder Reihe befanden sich je drei Buchstaben. Hinter den zweiten war ebenfalls ein Punkt, aber hinter den dritten ein

Doppelpunkt.

A B.	C D.	EF.G:
H I.	K L.	MN.O:
P Q.	R S.	TV.Z:

Nachdem er dieses zweite magische Quadrat gezeichnet hatte, nahm er sich die Kontoauszüge vor und suchte sich einen verdächtigen Zahlungseingang aus.

677 – 432 4.1.3.9: 5000 €

Nun wählte er die zu den Zahlen passenden Buchstaben aus. Das ergab diesen Text:

Acc – Treviso 5000€

Marek schluckte. Acc könnte die Abkürzung von *Accusatore*, Staatsanwaltschaft sein. Vielleicht, aber vielleicht war es auch etwas ganz harmloses. Er musste einen zweiten Versuch starten.

Die nächste Kombination, die er sich ausgewählt hatte, war wesentlich länger:

763.3.6 86431637649: 7.1. 4.29.24:1.6 8000€

Cassa Patriarcato di Venezia 8000€

Diese Übersetzung brachte ihm Gewissheit. Der Priester hatte recht.

„Ja!", stieß er aus und schlug mit der Faust so fest auf die Schreibtischplatte, dass sein Aschenbecher mit einem Salto auf den Boden fiel und seinen Inhalt dort verteilte.

Aber das interessierte ihn im Moment überhaupt nicht. Nun war es ein Einfaches die Absender der übrigen Zahlungen zu erfahren.

„Jetzt hab ich die Schweinebande", freute er sich und fing an den Rest auch noch zu dechiffrieren.

Nach über einer Stunde hatte er eine Liste von Personen und Institutionen, weltliche und auch Kirchliche, die offenbar alle auf die eine, oder andere Weise mit diesem Fall zu tun hatten und wahrscheinlich noch haben. Sie alle hatten diesen Temporini für irgendetwas bezahlt und jetzt wollten sie dafür sorgen, dass er nicht weitergeben kann wofür.

Es war an der Zeit Ghetti zu informieren.

„Findest du das nicht etwas weit hergeholt?", fragte er skeptisch.

„Am Anfang konnte ich es auch kaum glauben, aber der Ansatz passt zu genau. Ich schicke dir die Liste gleich zu. Vielleicht kann Mambretti nun etwas erreichen. Er soll nur aufpassen, mit wem er spricht."

„Ich richte es ihm aus. *Ciao*."

Nachdem das Gespräch beendet war, lehnte sich Marek zurück, steckte sich eine Zigarette an und betrachtete zufrieden sein Werk. Jetzt hatte er sich ein leckeres Essen bei Rosa verdient. Sofort rief er Silvana an, um sich mit ihr zu verabreden.

***

Am Abend saßen Silvana und Marek in Rosangelas Trattoria und verspeisten einen köstlich gegrillten Wolfsbarsch.

„Wenn das wahr ist", nuschelte Silvana mit vollem Mund, „dann gibt das ein Erdbeben."

„Und du darfst es auslösen", grinste er und schob sich eine Gabel gebratenen Fenchel in den Mund.

„Aber du wartest bitte, bis wir Gewissheit haben."

„Ehrenwort. Ach übrigens, ich habe auch etwas für dich."

„Da bin ich aber gespannt."

„Ein paar deiner Fotos konnten wir in der Redaktion zuordnen. Es handelt sich um ein großes Landhaus, oder eine Villa. Sie liegt in Fregona."

„Wo ist das denn?"

Das ist im Norden, Richtung Belluno. In der Nähe von Vittorio Veneto. Das dürftest du noch kennen."

„Sicher, das kenne ich noch. Da habe ich im Sommer mal ausgezeichnet gegessen…"

„…und ihr habt in der Gegend damals diesen wildgewordenen Racheengel mit dem Schwert gejagt."

„Stimmt, aber das war noch weiter oben. Und was hat es mit dem Gebäude auf sich?"

„Eigentlich nichts. Es steht leer, aber es wird manchmal vermietet. Für Events oder Tagungen."

„Jetzt fängst du auch schon damit an", brummte Marek.

„Mit was?"

„Mit diesen scheiß Anglizismen."

„Das ist mittlerweile so üblich."

„Das sagt Ghetti auch immer. Dann sollten wir herausfinden, wem die Hütte gehört und wer sie in den letzten zwei Jahren gemietet hat."

„Schon geschehen", grinste Silvana und schob ihm eine Liste über den Tisch.

18

Ghetti war gerade in seinem Büro eingetroffen, als er schon zu Maggiore Mambretti gerufen wurde. Ihm schwante dabei nichts Gutes.

„Buon giorno Maggiore."

Er versuchte den Gesichtsausdruck seines Vorgesetzten zu deuten, aber der sah recht entspannt aus.

„Buon giorno, Ghetti."

Er hielt ein Schriftstück in die Höhe.

„Ich habe hier den Bescheid der Gerichtsmedizin von Triest."

„Und?", fragte Ghetti angespannt.

„Leider ist es nicht unsere Estella, die man dort fand, aber es ist die Leiche der ebenfalls vor zwei Jahren verschwunden Frau eines Mitarbeiters der Friedhofsverwaltung. Die Kollegen haben ihn gestern Abend noch verhaftet und er hat auch schon gestanden. Ich soll Ihnen den Dank des Questore ausrichten."

„Danke, aber nur haben wir nicht sehr viel davon. Wir hatten uns mehr davon versprochen."

„Man kann nicht immer alles haben. Sie werden es schon schaffen."

„Aber wenn die Frau schon so lange da drin lag,

woher stammten dann die Spuren an der Grabplatte?"

„Die Kollegen dort sagten, dass ein Steinmetz im Auftrag der Familie an dem Grab gearbeitet hätte."

„Ach so. Ich hätte da noch etwas. Etwas sehr Delikates."

„So? Was denn?"

„Commissario Marek hat die Abkürzungen auf den Kontoauszügen entschlüsselt."

„Oh! Und wie ist ihm das Kunststück gelungen?"

„Mit Hilfe von magischen Quadraten…fragen Sie mich nicht, mehr weiß ich auch nicht und ich glaube auch nicht, dass ich es verstehen würde."

Mambretti musste schmunzeln. Dieser Marek war doch immer für eine Überraschung gut.

„Und wer sind diese ominösen Einzahler?"

Ghetti schob ihm die Liste über den Schreibtisch.

„Vielleicht bekommen wir ja nun den Beschluss. Vielleicht auch auf einem anderen Weg."

„Ich sehe zu, was ich machen kann", versprach Mambretti mit düsterer Miene, nachdem er einen Blick darauf geworfen hatte. „Es muss ja irgendwo noch einen sauberen Kanal geben."

***

Marek war natürlich wenig begeistert, als Ghetti ihm von dem Untersuchungsergebnis aus Triest berichtete.

„Wenigstens haben die ihren Fall dadurch gelöst", meinte er trocken. „Was sagt Mambretti zu der Liste?"

„Er sucht, wie er sich ausdrückte, einen sauberen Kanal, um an den Beschluss oder die Beschlüsse zu gelangen. Es werden ja wohl mehrere nötig sein. Die Sache ist auch noch Provinzübergreifend."

„Da ist er gut beraten vorsichtig zu sein. Ich fürchte, das geht noch viel weiter. Aber noch etwas anderes. Silvana konnte einige Fotos aus Temporinis Kiste zuordnen. Es handelt sich um eine Villa in Fregona. Das ist…"

„Ich weiß, wo das ist. Warum fotografiert er eine Villa am Arsch der Welt?"

„Silvana hat herausgefunden, dass sie gelegentlich vermietet wurde und mir gleich eine Liste der Mieter aus den letzten zwei Jahren besorgt."

„Und?"

„Sie ist schon auf deinem Rechner. Du wirst staunen. So gibt das alles langsam ein Bild. Mal gespannt, was Enrico in Rom noch ausgräbt."

„Ich rufe nachher nochmal im Ospedale an und frage wie es unserem Verdächtigen geht."

„Falls es etwas Neues gibt, melde dich gleich. Wir sind jedenfalls auf der richtigen Spur."

Ghetti schaltete seinen Rechner an und suchte die E-Mail von Marek. Als er die Liste sah, musste er erst einmal schlucken. Da standen neben den Namen von einigen Stiftungen der katholischen Kirche auch die Namen einiger *consigli provinciale,* den Provinzräten einiger Provinzen und obendrein auch noch die Namen einiger Staatsanwälte, Richter und hochrangiger Polizisten.

„Das ist ein verdammter Sumpf", dachte er, „hoffentlich kommen wir da wieder heil heraus."

***

Am späten Nachmittag kam dann der Anruf von Enrico Wagner aus Rom, auf den Marek gewartet hatte.

„Mein lieber Roberto, 'ne Nummer kleiner kannst du wohl nicht."

„Was meinst du damit?"

„Du legst dich wohl gerne mit dem Klerus an. Ich konnte herausfinden, dass große Zahlungen vom Konto dieses Giovanni Temporini an eine katholische Internatsschule hier in Rom gingen. So wie es aussieht, hatte man das bei euch vermisste Mädchen zeitweise da untergebracht. Aus den Schwarzröcken dort ist natürlich nichts herauszubekommen, aber ich habe mit einigen vom Küchen- und Reinigungspersonal sprechen können und die sind der Meinung das

Mädchen damals gesehen zu haben. Ich schicke dir alles gleich zu."

„Würden die das auch vor Gericht bezeugen?"

„Das kannst du getrost vergessen. Im günstigsten Fall wären sie ihren Job los. Von anderen Alternativen brauchen wir gar nicht erst reden."

„Du hast wohl recht. Vielen Dank erst einmal. Ich habe aber auch einiges herausgefunden, was dich interessieren wird. Ich schicke dir gleich das Material. Damit kannst du ein paar dicke Fische an die Wand nageln."

„Das hört sich gut an. Genau meine Kragenweite."

„Aber bitte noch nichts veröffentlichen…"

„…ich weiß, sonst bringt deine Freundin dich um. Ist klar, ich warte auf deinen Startschuss."

„*Ciao* Enrico und danke."

Marek rieb sich die Hände. Dann rief er Ghetti an, um ihn zu informieren.

19

Es hatte sich nach den Erkenntnissen die sie nun hatten wohl so abgespielt:

Giovanni Temporini rekrutierte im Auftrag hochrangiger Persönlichkeiten junge Mädchen, denen er einen Traumjob und Geld versprach. Dann wurden sie als Sexgespielinnen für diese perversen Schweine in die Villa gebracht, die man unter einem Vorwand angemietet hatte.

Weigerten sie sich, oder wurden sie nicht mehr benötigt, entledigte man sich ihrer kurzerhand. Da Estella nicht zum üblichen Klientel gehörte und in den Augen dieser Leute wahrscheinlich etwas Besonderes darstellte, wurde sie wohl zu erzieherischen Maßnahmen nach Rom in dieses Internat gesteckt und als das dann auch nicht half…

Marek wollte sich gerade mit Silvana verabreden, als Ghetti ihn benachrichtigte, dass Temporini aufgewacht sei.

Vierzig Minuten später waren sie im Ospedale, wo der behandelnde Arzt ihnen maximal drei Minuten gewährte.

Marek verdoppelte die Zeit gegen den heftigen Protest des Arztes, aber danach hatten sie zumindest die Bestätigung dessen, was sie ermittelt hatten. Das einzige, was sie immer noch nicht wussten war das, was mit Estella geschehen war. Dazu hatte Temporini geschwiegen. Er wollte sich offensichtlich nicht noch mehr belasten.

Halbwegs zufrieden fuhren sie zurück.

„Hast du etwas von Mambretti gehört?", fragte Marek auf der Rückfahrt.

„Nein, er hat sich abgeschottet. Ich weiß nur, dass er einige Treffen außerhalb hatte, von denen aber nicht einmal seine Sekretärin etwas wusste."

„Er ist nicht zu beneiden, aber wir können froh sein, dass er absolut vertrauenswürdig ist."

Als er wieder zu Hause war überlegte Marek, ob er zu Rosa essen gehen, oder sich schnell selbst etwas kochen sollte. Er entschied sich für eine Zwischenlösung und besorgte sich eine Pizza mit *Salsiccia Napoli* aus der Pizzeria in der Via Tagliamento. Dazu trank er den Rest Raboso, den er noch im Kühlschrank fand.

Anschließend setzte er sich an seinen Schreibtisch und notierte, was sie hatten. Sie hatten das *Wann*, sie hatten das *Wie* und sie hatten das *Wer*. Was sie noch nicht hatten, war das *Wo*.

Dass die arme Estella nicht mehr am Leben war, daran hegte Marek mittlerweile keine Zweifel mehr.

Dann rief er Silvana an, um sie auf den neuesten Stand zu bringen.

„Das gibt wieder eine Story. Ich hoffe du hast Enrico gesagt, dass er die Füße stillhält, oder?"

„Als Gegenleistung für seine Hilfe, musste ich ihm zugestehen, dass er mit dir gemeinsam rauskommt", log Marek.

„Na gut", schmollte sie, „aber keine Sekunde früher, versprochen?"

„Versprochen. *Buona notte, cara.*"

„*Buona notte.*"

***

In der Nacht konnte Marek keinen Schlaf finden. Ruhelos wälzte er sich hin und her. Irgendwann stand er auf, ging in die Küche und trank einen Schluck Wasser um den pelzigen Geschmack im Mund loszuwerden.

Aber auch danach konnte er nicht schlafen. Zuviel lief in seinem Kopf ab, wie auf einer Kinoleinwand.

Er stand wieder auf, ging erneut in die Küche und schenkte sich einen dreifachen Grappa ein, den er auf einen Rutsch hinunterschluckte.

Irgendwann danach schlief er ein, bis ihn das Läuten seines Handys auf dem Nachttisch wieder aufweckte.

„Was gibt's?", gähnte er ins Telefon.

„Sag nur, du schläfst noch", meldete sich Silvana.

„Ich hab die ganze Nacht kein Auge zugemacht. Wie spät ist es denn?"

„Och, du ärmster. Es ist gleich zehn. Eigentlich wollte ich dir ja was mitteilen, aber wenn du so müde bist, melde ich mich später."

„Nein, nein, jetzt bin ich wach. Was wolltest du mir denn erzählen?"

„Also, ein Kollege aus Venedig hat sich die Fotos angesehen, die du mir mitgegeben hattest und er konnte einige davon identifizieren."

„Super! Und was sagte er? Wo wurden sie aufgenommen?"

„Die Bilder mit der öden Landschaft und mit dem Gestrüpp zeigen seiner Meinung nach ganz eindeutig die Isola Sant' Ariano."

„Wo ist die denn? Von der habe ich bisher noch nie etwas gehört."

„Sie liegt nordöstlich von Venedig in der Lagune. Da verirrt sich sonst auch niemand mehr hin. Man nennt den Bereich auch Laguna morta."

„Und was gibt es da so besonderes, dass er es fotografiert hat?"

„Da gibt es noch die Reste eines Klosters und einer Kirche aus dem zwölften Jahrhundert und ein völlig überwuchertes Ossuarium. Sonst nichts."

„Ein Ossuarium? Das ist doch so etwas wie ein Haus für Gebeine."

„Richtig. Dort haben früher die Venezianer ihre Toten hingebracht, um die kleinen Friedhöfe zu entlasten oder wilden Bestattungen vorzubeugen. Nachdem man dann San Michele als Friedhofsinsel eingerichtet hatte, wurde Sant' Ariano aufgegeben."

„Deshalb Laguna morta?"

„Nein, man nennt es so, weil da so gut wie keine Gezeiten mehr hinkommen und mehr Süßwasser als Salzwasser vorhanden ist.

„Trotzdem gibt das alles Sinn!", rief Marek triumphierend.

„Was gibt Sinn?", fragte Silvana verwirrt.

„Ich denke, wir werden die arme Estella dort finden. Deshalb hatte Temporini sich ein Boot gemietet. Nur um die Leiche dorthin zu bringen, wo sie niemand suchen würde und in ein paar Jahren wären das nur noch ein paar Gebeine von vielen. Ich rufe sofort Ghetti an. Wir fahren gleich dorthin."

„Ich komme natürlich mit…keine Widerrede! Ich komme rüber nach Punta Sabbioni. Da könnt ihr mich einsammeln."

Damit war das Gespräch beendet und ihm blieb nichts anderes übrig, als sich zu fügen. Er stand auf, ging in die Küche, setzte Caffè auf und steckte sich eine Zigarette an. Heute würden sie das Geheimnis hinter dem Verschwinden lüften, da war er sich sicher.

Als der Caffè fertig war, schenkte er sich eine Tasse ein und rief Ghetti an.

„Wir müssen gleich nach Punta Sabbioni", legte er sofort los, „und du musst bei deinen Kollegen in Venedig ein Boot besorgen, das uns da abholt."

„Mal langsam. Um was geht es hier eigentlich? Kannst du das einem armen Polizisten erklären?"

„Erkläre ich dir alles nachher. Und ruf Dottore Lovati an. Der muss mitkommen. Den werden wir brauchen. Dann holt ihr mich ab."

„Das klingt ja spannend. Kann aber dauern, bis der Dottore da ist."

„Sag ihm einen schönen Gruß von mir und ich hätte Arbeit für ihn."

***

Dottore Lovati hatte nach Ghettis Anruf alles stehen und liegen gelassen, sich in sein Auto gesetzt und war nach Caorle gefahren.

Eine Stunde später rasten sie mit hoher Geschwindigkeit in Richtung Punta Sabbioni. Ghetti hatte Blaulicht und Sirene eingeschaltet.

Während der Fahrt setzte Marek die beiden anderen ins Bild.

„Verstehe", meinte Lovati und steckte sich die nächste Zigarette an.

Ghetti hatte schon trotz der Kälte das Fenster ein Stück heruntergelassen, was aber den Dottore nicht hinderte auch im Auto eine Zigarette nach der anderen zu qualmen.

Als sie schließlich am Bootsanleger anhielten, war der Wagen völlig eingenebelt.

Silvana stand auch bereits dort und wartete. Sie hatte sich einen dicken Wollschal um den Hals geschlungen, um sich gegen den eisigen Wind zu schützen, der in die Lagune wehte.

Weiter vorne am Boot der Carabinieri stand Capitano Manfredi, den sie noch aus dem Fall der Kunstfälscher her kannten und begrüßte die Gruppe.

„Wo soll es denn hingehen? Maresciallo Ghetti hat nur vage Andeutungen gemacht."

„Wir müssen zur Isola Sant' Ariano."

„Du lieber Himmel, was wollen Sie denn da? Da hat bestimmt seit mehr als zehn Jahren keiner mehr einen Fuß drauf gesetzt."

„Höchst wahrscheinlich doch", erwiderte Marek, „und dieser Jemand hat dort etwas abgeladen. Wir gehen davon aus, dass dort die Leiche eines Mädchens aus Caorle versteckt wurde, was vor zwei Jahren spurlos verschwunden ist."

„Das könnte einen Sinn ergeben. Bei so vielen Gebeinen würde sie dort niemand finden."

„Und deshalb haben wir Dottore Lovati mitgebracht. Wenn sie da ist, findet er sie."

Als sie an Torcello vorbei waren, sah Marek, warum man diesen Teil Laguna morta nannte. Das Wasser war flach, fast ohne Strömung und von unzähligen kleinen Inselchen durchzogen. Der Bootsführer hatte das Tempo gedrosselt um in der schmalen Fahrrinne zu bleiben und nicht aufzulaufen.

Kurz darauf machten sie an einem kleinen Anleger fest, hinter dem sich eine lange, zugewucherte Backsteinmauer nach beiden Seiten hin ausdehnte. Direkt hinter dem Anleger befand sich ein kleines Torhaus in der Mauer, das mit einem eisernen Gittertor verschlossen war.

Manfredi half Silvana von Bord und ging direkt auf das Tor zu. Die anderen folgten ihm. Zuletzt kam Dottor Lovati, der sich erst einmal wieder eine Zigarette anstecken musste.

Das Tor war mit einer Kette gesichert, an der ein altes Vorhängeschloss hing.

„Sieht nicht so aus, als wäre in den letzten zwanzig Jahren jemand hier gewesen", meinte Manfredi, „und wie sollte jemand sonst hier hereingekommen sein? Vor allem mit solch einer Last."

Marek trat vor und untersuchte das Schloss. Es war völlig verrostet und wohl seit vielen Jahren nicht mehr benutzt worden. Dann rüttelte er an der Kette, die plötzlich geräuschvoll zu Boden glitt.

„So ist er reingekommen."

Er hob die Kette auf und besah sich die Glieder.

„Hier wurde sie mit einem Bolzenschneider durchtrennt. Später hat er sie dann wieder sauber herumgelegt. Wir sind hier richtig. Glauben Sie mir, Capitano."

„Wir werden sehen", entgegnete Manfredi, der immer noch nicht restlos überzeugt war.

Marek stieß das Tor auf, zog die Fotos aus der Tasche und orientierte sich erst einmal. Dann ging er zielstrebig weiter bis der Bewuchs immer dichter wurde und die Wege kaum noch erkennbar waren. Dichtes Brombeergestrüpp wucherte überall und erschwerte das Vorankommen.

„Hier ist er bestimmt nicht durch", meinte Silvana, die Angst davor hatte, dass die Dornen ihren Mantel zerreißen könnten.

„Doch", entgegnete Marek bestimmt. „Das ist in der Zwischenzeit alles wieder zugewachsen, aber wenn ihr genau hinseht, erkennt ihr abgerissene Reste, die schon völlig vertrocknet sind."

„Stimmt", meinte Lovati und steckte sich die

nächste Zigarette an.

Dann sahen sie durch das Gestrüpp die in einer Reihe von Wandnischen sauber aufgestapelten Knochen von vielen Generationen verstorbener Venezianer. Kurz darauf Berge von Knochen, die einfach wahllos aufgetürmt waren.

„Ich denke Dottore, dass Sie hier mit der Suche beginnen können."

„Denke ich auch. Wenn er die Leiche verstecken wollte, dann am besten in, oder unter so einem Haufen anderer Gebeine. Da hätte sie dann bist zum Sankt Nimmerleinstag gelegen und niemand hätte sie je entdeckt."

Lovati nahm sich einen Berg Knochen nach dem anderen vor, während die anderen der Gruppe die Umgebung absuchten. Außer Silvana, sie protokollierte alles mit ihrer kleinen Digitalkamera.

„Kommt mal her", rief Ghetti auf einmal. Er hatte sich am weitesten in die Büsche geschlagen und stand nun auf einer kleinen Lichtung.

Außer dem Dottore eilten die anderen zu ihm.

„Was hast du", fragte Marek außer Atem.

„Hier", zeigte er auf einen kleinen, vermoderten Haufen am Boden, „das dürften Kleidungsstücke sein und die stammen nicht aus der Zeit, als man hier seine Toten bestattete."

„Du hast recht. Die liegen noch nicht so lange hier. Die nehmen wir mit und vergleichen sie mit der Beschreibung von Estellas Kleidung damals."

Ghetti zog einen Asservatenbeutel aus der Tasche, streifte sich seine Gummihandschuhe über und fing an die Kleidungsstücke sorgsam in den Beutel zu packen.

„Warum machen Sie mit dem alten Kram noch so einen Aufstand?", fragte Manfredi.

„Weil unter Umständen noch DNA daran zu finden sein könnte. Das wäre bei einem möglichen Prozess doch sehr hilfreich, oder?"

„Sicher, aber daran ist doch bestimmt nichts mehr zu finden."

„Unser Dottore hier findet immer etwas und zur Not habe ich noch einen Freund, der Forensiker ist und der findet sogar dort etwas, wo andere überhaupt nichts mehr sehen."

„Na, wenn Sie das sagen."

Dann hörten sie aus dem Hintergrund Dottore Lovati rufen.

„Kommt mal her. Ich glaube ich hab sie."

Sie eilten zu ihm. Bei dem was sie sahen wurde es Silvana übel und sie musste sich übergeben.

Vor ihnen lag eine noch nicht komplett verweste Leiche mit langen, dunkelbraunen Haaren.

„Mein Gott!", stöhnte Manfredi. „Wer tut denn so etwas?"

„Perverse Schweine", entgegnete Marek trocken, „und von denen gibt es mehr als genug. Den, der das hier getan hat, haben wir schon. Jetzt müssen wir noch die Hintermänner finden."

„Und die Familie kann ihre Tochter bestatten", sagte Ghetti.

„…und um sie trauern", ergänzte Silvana, die sich wieder etwas erholt hatte.

„Jedenfalls", unterbrach Lovati, „ist da noch genug Material vorhanden, für eine schnelle und einwandfreie Identifizierung", und an Capitano Manfredi gewandt, „könnten Sie mir bitte einen Leichensack und einen Transportsarg ordern?"

„Ja, natürlich."

„Und du Michele, bestellst mir einen Wagen nach Punta Sabbioni, der das hier dann alles zu mir in den Keller bringt."

20

Die Untersuchung von Dottore Lovati gab eindeutige Klarheit. Die auf der Insel gefundenen Überreste gehörten zweifelsfrei der armen, vor zwei Jahren spurlos verschwundenen Estella Orsini. Damit war auch klar, dass sie damals nicht bei einem Friseur gewesen ist, wie ein Anrufer namens Gianluca behauptete und sie keine kurzen Haare hatte.

Unter großer Anteilnahme der Bevölkerung wurde das Mädchen beigesetzt. Bei der Beerdigung erlitt Signora Orsini einen Zusammenbruch und musste in ein Krankenhaus gebracht werden.

Patricio Orsini erhob schwere Vorwürfe gegen die Kirche, von der er sich belogen fühlte. Sein Vater dagegen dankte dem Bischof für die Anteilnahme in der für ihn und seine Familie so schweren Zeit.

Die Rekonstruktion der Ereignisse gestaltete sich schwierig.

Zuerst wollte Temporini die Morde nicht gestehen. Er hätte nur die Opfer beseitigt.

„Dafür bekomme ich doch Strafmilderung, wenn ich zugebe, die Leichen beseitigt zu haben, oder?"

Er wollte tatsächlich noch verhandeln.

„Das einzige, was du Dreckskerl bekommst, ist eine kleine Zelle und ich sorge dafür, dass man den Schlüssel wegschmeißt!", war Mareks Antwort, der diesen Mistkerl am liebsten erschlagen hätte.

„Aber ich hatte doch Hinweise in den Anrufen versteckt. Die Polizei hatte nur nichts damit anzufangen gewusst."

„Das glaubst du doch selbst nicht. Diese Anrufe sind nicht auf deinem Mist gewachsen."

„Doch! Ich hatte ein schlechtes Gewissen und das Mädchen tat mir leid."

„Da hat sie noch gelebt?", fragte Ghetti dazwischen.

„Ja, weil sie etwas Besonders war und man sich von ihr noch was erhoffte, wollte man sie nicht einfach so beseitigen und hat sie irgendwo in ein Internat gesteckt. Zur Umerziehung. Aber sie war sehr widerspenstig und da…"

Nachdem er die Aussichtslosigkeit seiner Lage erkannt hatte, war er zu umfänglichen Aussagen bereit.

Wie sich endgültig herausstellte, wurde die Villa in Fregona immer von Giovanni Temporini angemietet. Die Auftraggeber waren Staatsanwälte, Richter, hochrangige Polizisten und Geistliche, die dort angeblich Tagungen abhielten.

Diese Tagungen entpuppten sich dann immer als champagnerschwere Sexpartys, bei denen sabbernde, ältere Männer ihre frivolen Bedürfnisse auslebten. Dazu benötigten sie immer wieder *Frischfleisch*, wie Temporini es in seiner Aussage formulierte.

In der Regel suchte er seine Opfer dann in der Szene. Obdachlose oder Drogensüchtige, die niemand vermisste. Nur im Fall von Estella bekam er gezielt den Auftrag etwas Unschuldiges zu finden. Dafür bekam er 8000€ aus der Kasse des Patriarchats extra überwiesen. Estella lief ihm da gerade zufällig über den Weg. Sie war halt *zur falschen Zeit am falschen Ort*, wie er sich ausdrückte. Dafür hätte ihm Marek liebend gerne die Zähne eingeschlagen, aber sie brauchten ihn noch.

***

Die Artikel von Silvana im Gazzettino und von Enrico Wagner in der Repubblica schlugen ein, wie eine Bombe.

Einsatzkommandos von Carabinieri und Polizia di Stato durchsuchten in einer konzertierten Aktion zeitgleich eine Reihe von Büros, Einrichtungen und Privatwohnungen.

Zwei Staatsanwäte, ein Richter, ein Commisario Capo und ein Primo Dirigente wurden ebenso verhaftet, wie ein Priester, der als Sekretär im Patriarchat von Venedig gearbeitet hat.

Der Bischof zeigte sich bestürzt und erklärte, von

alledem nichts geahnt zu haben.

Marek war überzeugt, dass dies nur die Spitze des Eisbergs war.

Dass der Bischof persönlich involviert war, oder zumindest Bescheid wusste, konnte vorerst nicht nachgewiesen werden. Ebenso wenig wie das Mitwirken einiger Mitglieder der Provinzregierung.

Aber Marek war überzeugt, dass er die Namen noch von Temporini erfahren würde.

Am nächsten Tag gab es eine Reihe von mysteriösen Selbstmorden, denen hochrangige Personen zum Opfer fielen. So fand man unter anderem den Monsignore Cassini ertrunken im Rio de Santa Caterina, unweit der gleichnamigen Kirche in Venedig, oder einen Richter, der vom Gerichtsgebäude in Treviso auf den Parkplatz gesprungen war.

Marek war immer mehr davon überzeugt, dass Temporini einfach zu dumm für diese Anrufe war und dieser Samuele Loiacono, der Exorzist, dahinter steckte. Als Marek ihn aufsuchen wollte, war er verschwunden und niemand konnte ihm sagen wohin. Somit blieb auch im Dunkeln, woher er seine sehr speziellen Informationen hatte. Entweder steckte er in dieser Sache mit drin, oder Temporini hatte sich ihm anvertraut. Warum auch immer.

Nachdem Temporini aus dem Krankenhaus entlassen werden konnte, sollte er mit einem Spezial-transport in das nächste Untersuchungsgefängnis gebracht werden. Sein Anwalt ließ mitteilen, dass sein Mandant doch noch zu einer umfassenderen Aussage bereit sei und Namen nennen wollte.

Dazu sollte es nicht mehr kommen. Auf der Via Fossetta, zwischen Osteria Minetto und La Fossetta, explodierte auf freier Strecke eine ferngezündete Bombe, die den Transportwagen förmlich zerriss. Neben Temporini starben noch zwei begleitende Po-lizisten. Nur der Fahrer überlebte schwer verletzt. Verwertbare Spuren wurde keine gefunden.

Marek warf wütend die Zeitung auf den Boden und steckte sich eine Zigarette an.

Das war es dann wohl, dachte er betrübt. Die ganz Großen kamen wieder ungeschoren davon. Wie im-mer…

Die Handlung und die Namen der handelnden Personen sind frei erfunden. Mögliche Ähnlichkeiten mit Namen lebender Personen wären rein zufällig. Partielle Ähnlichkeiten der Geschichte mit einem tatsächlichen Kriminalfall, der bis zum Tage der Drucklegung dieses Romans noch nicht aufgeklärt werden konnte, sind nicht ganz unbeabsichtigt, stellen jedoch keine Wertung dieses Falles dar.

Im Text erwähnte Gerichte

Cornetto (Cornetti) –
Hörnchen, die mit Vanillecreme, Schokocreme, oder
Marmelade gefüllt sein können

Panforte –
eine Kuchenspezialität aus Siena aus Mandeln, Mehl,
kandierten Früchten und Gewürzen

Cannolo (Cannoli) –
Gebäckrollen gefüllt mit Ricotta, kandierten Früchten
und Schokoladenraspeln

Terrina e involtini –
Terrine aus Kalbfleischpastete und Kalbsrouladen

Carne in tecia –
Rinderschmorbraten

Radicchio rosso ai ferri –
gegrillter Radicchio (rosso di Treviso)

Grissini –
dünne Stangen aus Hefeteig, die gerne vor oder zum
Essen geknabbert werden

Ostriche gratinate al forno –
Austern gratiniert mit Semmelbrösel, Kräutern und
geriebenem Käse

Spaghetti alle vongole –
Spaghetti mit Venusmuscheln

Coda di rospo alla saltimbocca –
Seeteufel mit Salbei und Parmaschinken nach Saltimbocca Art

Panettone –
Mailänder Kuchenspezialität mit Rosinen und auch
kandierten Früchten, die in ganz Italien gerne zu
Weihnachten gegessen wird

Gnocchi de patate –
Kartoffelnocken, die meist mit einer Soße gereicht
werden

Pandoro –
Eine Kuchenspezialität aus Verona, ähnlich dem Panettone, die auch gefüllt werden kann

Salsiccia napoli –
Scharf gewürzte Ringsalami

Panino (Panini)–
Kleines Brot, ähnlich dem deutschen Brötchen

Prosciutto cotto –
Gekochter Schinken

Caffè corretto –
Espresso mit einem Schuss Grappa oder Brandy

Der Venezianische Löwe
Kommissar Mareks zweiter Fall
Überarbeitete Neuauflage / Juli 2010 / Juli 2020

Die Saison ist vorbei und im idyllischen Badeort Caorle ist wieder Ruhe eingekehrt. Da wird bei einem einsam gelegenen Wasserwerk ein Toter gefunden. Was anfänglich wie ein Unfall aussieht, entpuppt sich als Mord und Brigadiere Ghetti übernimmt die Ermittlungen. Er bittet seinen Freund Robert Marek, einen pensionierten Hauptkommissar aus Deutschland, um Hilfe. Die erste Spur führt sie zu einem Geschäftsmann, der von dem Opfer erpresst wurde. Die Täter, die alle aus dessen Umfeld stammen, können schnell ermittelt werden. Als in zwei kleinen Städtchen im Hinterland mehrere Marokkanische Drogendealer verhaftet werden, glaubt Marek an einen Zusammenhang. Er glaubt, das Opfer könnte auch Täter sein. Das Netz um den Geschäftsmann zieht sich zusammen, bis der Fall plötzlich eine tragische und unerwartete Wendung nimmt, und von den beiden Ermittlern zu einem ebenso unerwarteten Ende geführt wird.

Das Rätsel des Priesters
Kommissar Marek und die Mystik
April 2019

Eine mysteriöse Frau bittet Marek um Feuer. Am nächsten Morgen wird diese Frau tot über einem Grabstein hängend auf dem alten Friedhof von Caorle gefunden. Der Priester der sie fand weiß offenbar mehr, als er sagen kann. Er gibt Marek ein geheimnisvolles Rätsel auf. Wenn er in der Lage sein sollte dieses Rätsel zu lösen, würde er auch den Fall lösen können. Doch es geschehen noch mehrere seltsame Morde, die alle offenbar in einem Zusammenhang stehen, bevor Marek der Sache auf die Spur kommt.

Aus der Kommissar Marek Reihe sind bei tredition bisher erschienen:

Kommissar Mareks trügerische Idylle
Kommissar Marek wandert aus
Der erste Fall
Überarbeitete Neuauflage / November 2008/März 2016

Der Venezianische Löwe
Kommissar Mareks zweiter Fall
Überarbeitete Neuauflage / Juli 2010 / Juli 2020

Dreikönigsfeuer
Kommissar Marek stößt an Grenzen
Der dritte Fall
April 2016

Der letzte Kreis der Hölle
Kommissar Marek kommt ins Grübeln
Der vierte Fall
Dezember 2015

...des die Rache ist
Kommissar Mareks fünfter Fall
Januar 2017

Nolde sehen und sterben
Kommissar Marek und die Kunst
Der sechste Fall
März 2018

Das Rätsel des Priesters
Kommissar Marek und die Mystik
Der siebte Fall
April 2019

Weiter sind von Volker Jochim bei tredition erschienen:

Der Tote vom 8. Loch

Ein Oxford Krimi
Juli 2018

Detective Sergeant Tyler Holmes von der Oxforder Polizei wird nach Woodstock, einem kleinen Ort in Oxfordshire, strafversetzt. Gleich an seinem zweiten Arbeitstag findet man auf einem Golfplatz in der Nähe eine übel zugerichtete Leiche. Sein bisheriger Vorgesetzter, DCI Cooper, übernimmt den Fall. Der Tote wird als Eigentümer des Herrenhauses „Woodstock Manor" identifiziert, doch Holmes glaubt nicht daran und ermittelt mit seinen neuen Kollegen auf eigene Faust weiter. Für ihn gibt es noch zu viele offene Fragen. Zum Beispiel warum der Tote ausgerechnet am achten Loch platziert wurde. Das muss eine Bedeutung haben, glaubt Holmes. Bei seinen Ermittlungen wird er mit einem älteren Fall konfrontiert. Gibt es da eine Verbindung zu dem Toten vom Golfplatz?

Das September Komplott

Thriller
Juni 2017

09/11 – diese Zahlen haben sich unauslöschbar in das Bewusstsein der ganzen Welt eingegraben. Aber was geschah an diesem 11. September 2001 wirklich?
Dieser spannende Roman schildert die unglaublichen Ereignisse aus der Sicht eines investigativen Journalisten, dem es mit seinem Team gelingt, die Hintergründe eines gigantischen Komplotts aufzudecken, das bis in höchste Regierungskreise reicht und der dadurch in Lebensgefahr gerät.

Ist das die Wahrheit hinter der Wahrheit?

Gib mir das Gefühl zurück

Novelle
Überarbeitete Neuauflage / Nov. 2012 / September 2015

Ein Mann erfährt bei einem Besuch seiner Heimatstadt vom Tod seines Jugendfreundes, mit dem er auch in der 68er Bewegung aktiv war, bevor sich ihre Lebenswege trennten. Überrascht davon, wie sich sein Freund von einem überzeugten Kommunisten zu einem Unternehmer wandelte, arbeitet er, zusammen mit der Witwe seines Freundes, die Vergangenheit auf.

Auf einfühlsame und doch unterhaltsame Weise, wird hier der 68er Generation ein Spiegel vorgehalten.

Nied Blues

Ein Frankfurt Krimi
Überarbeitete Neuauflage / Nov. 2012 / September 2015

Die Nacht zu Fastnachtssamstag. Eine schwarz gekleidete Gestalt mit einem auffallend weißen Gesicht eilt durch den Nebel, der von Main und Nidda kommend, in die Straßen des Frankfurter Stadtteils Nied zieht. Kurz darauf wird diese Gestalt auf der Treppe an der Wörthspitze ermordet aufgefunden. Kommissar Keller, ein kauziger, wortkarger Mann, der wegen seiner unkonventionellen Methoden bei seinem Dezernatsleiter schon lange in Ungnade gefallen ist, muss mit den Ermittlungen beginnen, bekommt den Fall am nächsten Tag aber wieder entzogen. Ein junger Hauptkommissar übernimmt und präsentiert kurz darauf einen Verdächtigen – einen Künstler, der die Tote als letzter gesehen hatte. Heimlich ermittelt Keller mit seinem Assistenten Petersen weiter und kommt zu dem Schluss, dass das Motiv dieses Mordes weit in die Zeit des zweiten Weltkrieges zurückreicht. Der Fall nimmt eine für alle völlig überraschende Wendung.

Zeitfracht Medien GmbH
Ferdinand-Jühlke-Straße 7
99095 Erfurt, Deutschland
produktsicherheit@kolibri360.de